Dieses Taschenbuch enthält – in englisch-deutschem Parallel-druck – 22 Kurzgeschichten englischer und amerikanischer Autoren dieses Jahrhunderts. Nicht einfach Kurzgeschichten, sondern: kurze Kurzgeschichten – die längste ist fünf kleine Taschenbuchseiten lang.

Manche dieser konzentrierten Prosastücke sind einfach lie-benswürdig oder einfach amüsant. Aber viele sind, nicht ganz einfach, beunruhigend oder schmerzend. Fast alle sind hinter-sinnig, doppelbödig. Und einige bringen im Kopf des Lesers eine – kleinere oder größere – Welt zum Erblühen. Oder auch zum Einstürzen.

Wer sein Jahrhundert erkennen will (und sich selber darin), der liest dieses Taschenbuch mit Gewinn: er weiß nachher 22mal so viel wie zuvor.

dtv zweisprachig · Edition Langewiesche-Brandt

22 SHORT SHORTS

22 KURZE KURZGESCHICHTEN

Auswahl und Übersetzung von Theo Schumacher

Deutscher Taschenbuch Verlag

© Deutscher Taschenbuch Verlag GmbH & Co. KG, München
Originalausgabe. September 1984
Copyright-Einzelnachweise auf Seite 202 ff.
Die Übersetzung der Hemingway-Erzählung
ist von Annemarie Horschitz-Horst,
die der Joyce-Erzählung von Dieter E. Zimmer
Umschlaggestaltung: Celestino Piatti
Gesamtherstellung: Kösel, Kempten
ISBN 3-423-09208-4 · Printed in Germany

22 Short Shorts · 22 kurze Kurzgeschichten

John Galsworthy: The Japanese Quince

As Mr Nilson, well known in the City, opened the window of his dressing room on Campden Hill, he experienced a peculiar sweetish sensation in the back of his throat, and a feeling of emptiness just under his fifth rib. Hooking the window back, he noticed that a little tree in the Square Gardens had come out in blossom, and that the thermometer stood at sixty. "Perfect morning," he thought; "spring at last!"

Resuming some meditations on the price of Tintos, he took up an ivory-backed handglass and scrutinized his face. His firm, well-coloured cheeks, with their neat brown moustaches, and his round, well-opened, clear grey eyes wore a reassuring appearance of good health. Putting on his black frock coat, he went downstairs.

In the dining room his morning paper was laid out on the sideboard. Mr Nilson had scarcely taken it in his hand when he again became aware of that queer feeling. Somewhat concerned, he went to the French window and descended the scrolled iron steps into the fresh air. A cuckoo clock struck eight.

"Half an hour to breakfast," he though, "I'll take a turn in the Gardens."

He had them to himself, and proceeded to pace the circular path with his morning paper clasped behind him. He had scarcely made two revolutions, however, when it was borne in on him that, instead of going away in the fresh air, the feeling had increased. He drew several deep breaths, having heard deep breathing recommended by his wife's doctor; but they augmented rather than diminished the sensation – as of some sweetish liquor in course within him, together with a faint aching just above his heart. Running over what he had eaten the night before, he could recollect no unusual dish, and it occurred to him that it might possibly be some smell affecting him. But he

Als Mr Nilson, eine in der Londoner City bekannte Persönlichkeit, das Fenster seines Ankleidezimmers auf den Campden Hill hinaus öffnete, verspürte er etwas seltsam Süßliches in der Kehle und ein Gefühl der Leere dicht unter seiner fünften Rippe. Beim Festhaken des Fensters bemerkte er, daß ein kleiner Baum in den Square Gardens erblüht war und daß das Thermometer 15 Grad Celsius anzeigte. «Prächtiger Morgen», dachte er; «endlich Frühling!»

Während er seine Überlegungen über den Preis von Tinto-Aktien fortsetzte, nahm er einen elfenbeinbesetzten Spiegel zur Hand und studierte sein Gesicht. Seine straffen, wohl durchbluteten Wangen mit dem sauber gestutzten Schnurrbart und seine rundlichen, hellwachen Augen mit ihrem klaren, grauen Farbton erweckten den Anschein guter Gesundheit. Er zog seinen schwarzen Gehrock an und ging die Treppe hinunter.

Im Eßzimmer, auf der Anrichte, war seine Zeitung aufgelegt. Mr Nilson hatte sie kaum in die Hand genommen, als er wieder jenes sonderbare Gefühl verspürte. Leicht beunruhigt ging er zur Terrassentür und trat über das verschnörkelte Eisentreppchen ins Freie. Eine Kuckucksuhr schlug acht Uhr.

«Eine halbe Stunde bis zum Frühstück», dachte er; «ich werde einen Spaziergang im Park machen.»

Er hatte den Park ganz für sich, und so schickte er sich denn an, die Morgenzeitung auf dem Rücken haltend, seinen Rundgang anzutreten. Kaum hatte er jedoch zweimal die Runde gemacht, als ihm deutlich wurde, daß das Gefühl von vorhin, anstatt in der frischen Luft zu vergehen, eher zugenommen hatte. Er holte mehrmals tief Luft, hatte er doch mit eigenen Ohren gehört, wie der Arzt seiner Frau tiefes Atmen empfohlen hatte; aber davon wurde das Gefühl eher stärker als schwächer. Es war ihm, als durchströmte ihn ein süßlich-berauschender Trank und als spürte er einen leichten Schmerz dicht über dem Herzen. Er dachte darüber nach, was er am Vorabend gegessen hatte, ohne sich an eine ungewöhnliche Speise zu erinnern, und er verfiel auf den Gedanken,

could detect nothing except a faint sweet lemony scent, rather agreeable than otherwise, which evidently emanated from the bushes budding in the sunshine. He was on the point of resuming his promenade, when a blackbird close by burst into song, and, looking up, Mr Nilson saw at a distance of perhaps five yards a little tree, in the heart of whose branches the bird was perched. He stood staring curiously at this tree, recognizing it for that which he had noticed from his window. It was covered with young blossoms, pink and white, and little bright green leaves both round and spiky; and on all this blossom and these leaves the sunlight glistened. Mr Nilson smiled; the little tree was so alive and pretty! And instead of passing on, he stayed there smiling at the tree.

"Morning like this!" he thought; "and here I am the only person in the Square who has the – to come out and –!" But he had no sooner conceived this thought than he saw quite near him a man with his hands behind him, who was also staring up and smiling at the little tree. Rather taken aback, Mr Nilson ceased to smile, and looked furtively at the stranger. It was his next-door neighbour, Mr Tandram, well known in the City, who had occupied the adjoining house for some five years. Mr Nilson perceived at once the awkwardness of his position, for, being married, they had not yet had occasion to speak to one another. Doubtful as to his proper conduct, he decided at last to murmur: "Fine morning!" and was passing on, when Mr. Tandram answered, "Beautiful, for the time of year!" Detecting a slight nervousness in his neighbour's voice, Mr Nilson was emboldened to regard him openly. He was of about Mr Nilson's own height, with firm, well-coloured cheeks, neat brown moustaches, and round, well-opened, clear grey eyes; and he was wearing a black frock coat. Mr Nilson noticed that he had his

daß es womöglich ein Geruch sein könnte, der ihm zu schaffen machte. Doch er konnte nichts entdecken, außer einem leichten, lieblichen, eigentlich nur angenehmen Duft wie von Zitronen, der offenbar von dem in der Sonne erblühenden Gebüsch ausströmte. Er wollte schon seinen Weg fortsetzen, als eine Amsel aus nächster Nähe loszwitscherte. Mr Nilson hob den Kopf und sah, etwa fünf Meter entfernt, ein Bäumchen, in dessen Krone der Vogel saß. Mr Nilson stand da und bestaunte den Baum, den er als denjenigen erkannte, welchen er schon von seinem Fenster aus bemerkt hatte. Er war übersät von jungen Blüten, rosafarbenen und weißen, und von kleinen glänzend-grünen Blättern, die rund und stachelig waren; und auf all diesen Blüten und Blättern flimmerte das Sonnenlicht. Mr Nilson lächelte; der Baum war so hübsch und lebendig! Und anstatt weiterzugehen, verweilte er und lächelte den Baum an.

«So ein Morgen!» dachte er; «und da bin ich der einzige Mensch aus all den Häusern hier, der ... nun, der sich hinauswagt und ...!» Doch kaum war er auf diesen Gedanken gekommen, als er nicht weit neben sich einen Mann sah, der mit den Händen auf dem Rücken gleichfalls nach oben starrte und den kleinen Baum anlächelte. Ziemlich verblüfft hörte Mr Nilson zu lächeln auf und betrachtete verstohlen den Fremden. Es war sein unmittelbarer Nachbar, Mr Tandram, ein in der City wohlbekannter Mann, der seit etwa fünf Jahren das Haus nebenan bewohnte. Mr Nilson witterte sofort die Peinlichkeit der Situation, denn, da sie beide verheiratet waren, hatten sie noch keine Gelegenheit gehabt, miteinander zu sprechen. Unschlüssig, wie er sich am besten verhalten sollte, raffte er sich schließlich dazu auf, «Prächtiger Morgen» zu murmeln, und strebte schon weiter, als Mr Tandram antwortete: «Wunderschön, für diese Jahreszeit!» Da er aus der Stimme seines Nachbarn eine leichte Nervosität heraushörte, erkühnte sich Mr Nilson, ihn unverhohlen zu betrachten: Ungefähr so groß wie er selbst, hatte Mr Tandram straffe, wohl durchblutete Wangen, einen sauber gestutzten braunen Schnurrbart und rundliche, hellwache Augen von klarer, grauer Färbung; und er trug einen schwarzen Gehrock. Mr Nilson beobachtete, daß

morning paper clasped behind him as he looked up at the little tree. And, visited somehow by the feeling that he had been caught out, he said abruptly: "Er – can you give me the name of that tree?"

Mr Tandram answered: "I was about to ask you that," and stepped towards it. Mr Nilson also approached the tree.

"Sure to have its name on, I should think," he said.

Mr Tandram was the first to see the little label, close to where the blackbird had been sitting. He read it out. "Japanese quince!"

"Ah!" said Mr Nilson, "thought so. Early flowerers."

"Very," assented Mr. Tandram, and added: "Quite a feelin' in the air today."

Mr Nilson nodded. "It was a blackbird singin'," he said.

"Blackbirds," answered Mr Tandram. "I prefer them to thrushes myself; more body in the note." And he looked at Mr Nilson in an almost friendly way.

"Quite," murmured Mr Nilson. "These exotics, they don't bear fruit. Pretty blossom!" and he again glanced up at the blossom, thinking: "Nice fellow, this, I rather like him."

Mr Tandram also gazed at the blossom. And the little tree, as if appreciating their attention, quivered and glowed. From a distance the blackbird gave a loud, clear call. Mr Nilson dropped his eyes. It struck him suddenly that Mr Tandram looked a little foolish; and, as if he had seen himself, he said: "I must be going in. Good morning!"

A shade passed over Mr Tandram's face, as if he, too, had suddenly noticed something about Mr Nilson.

"Good morning," he replied, and clasping their journals to their backs they separated.

Mr Nilson retraced his steps towards his garden window, walking slowly so as to avoid arriving at the

er seine Morgenzeitung auf dem Rücken hielt, während er zu dem Bäumchen emporblickte. Und, irgendwie von dem Gefühl befallen, ertappt worden zu sein, sagte er schnell: «Äh – können Sie mir sagen, wie dieser Baum heißt?»

Mr Tandram antwortete: «Das wollte ich Sie gerade fragen», und machte einige Schritte auf den Baum zu. Mr Nilson trat ebenfalls näher.

«Sein Name steht sicher darauf, denke ich», sagte er.

Mr. Tandram sah das kleine Schild zuerst, dicht an der Stelle, wo die Amsel gesessen hatte. «Japanische Quitte», las er vor.

«Aha!» sagte Mr Nilson, «das habe ich mir gleich gedacht. Ein Frühblüher.»

«Richtig», pflichtete Mr Tandram bei und fügte sogleich hinzu: «Tolle Stimmung in der Luft heute!»

Mr Nilson nickte. «Eine Amsel war das, die vorhin gezwitschert hat», sagte er.

«Amseln», antwortete Mr Tandram. «Sind mir persönlich lieber als Drosseln. Voller im Klang.» Und er betrachtete Mr Nilson beinahe freundlich.

«Ganz richtig», murmelte Mr Nilson. «Übrigens diese Exoten hier – Früchte tragen sie nicht. Aber hübsche Blüten!» Und wieder sah er zu der Blütenpracht empor, während er dachte: «Netter Kerl – ist mir direkt sympathisch.»

Auch Mr Tandram hielt seinen Blick auf das Blütenmeer gerichtet. Und das Bäumchen schien für ihre Aufmerksamkeit empfänglich zu sein, denn es bebte und leuchtete. Aus der Ferne entsandte die Amsel ihren lauten, klaren Ruf. Mr Nilson senkte die Augen. Es fiel ihm plötzlich auf, daß Mr Tandram eigentlich ein bißchen albern aussah; und, als hätte er sich selbst gesehen, sagte er: «Ich muß jetzt zurück. Guten Morgen!»

Ein Schatten glitt über Mr Tandrams Gesicht, als hätte auch er plötzlich etwas an Mr Nilson bemerkt.

«Guten Morgen», antwortete er. Dann klemmten sie beide ihre Zeitungen gegen den Rücken und gingen auseinander.

Mr Nilson schritt den Weg, den er gekommen war, zu seiner Terrasse zurück, ganz langsam, um ja nicht gleichzeitig mit

same time as his neighbour. Having seen Mr Tandram mount his scrolled iron steps, he ascended his own in turn. On the top step he paused.

With the slanting spring sunlight darting and quivering into it, the Japanese quince seemed more living than a tree. The blackbird had returned to it, and was chanting out his heart.

Mr Nilson sighed; again he felt that queer sensation, that choky feeling in his throat.

The sound of a cough or sigh attracted his attention. There, in the shadow of his French window, stood Mr Tandram, also looking forth across the Gardens at the little quince tree.

Unaccountably upset, Mr Nilson turned abruptly into the house, and opened his morning paper.

seinem Nachbarn ans Ziel zu gelangen. Erst als er sah, daß Mr Tandram oben auf seiner verschnörkelten Eisentreppe war, stieg er die seine hinauf. Auf der obersten Stufe hielt er inne.

Unter der schrägen Frühlingssonne, die in seiner Krone sprühte und funkelte, schien das japanische Quittenbäumchen lebendiger zu sein als ein bloßer Baum. Die Amsel war zu ihm zurückgeflogen und sang sich das Herz aus dem Leibe.

Mr Nilson seufzte; wieder hatte er jenes seltsame Gefühl, als steckte ihm ein Kloß im Halse.

Das Geräusch von Husten oder Seufzen erregte seine Aufmerksamkeit. Drüben, im Schatten seiner Terrassentür, stand Mr Tandram, und auch er blickte über den Park hinweg zu dem kleinen Quittenbaum hinüber.

Unerklärlich aus der Fassung geraten, trat Mr Nilson in sein Haus und schlug seine Zeitung auf.

It is a dangerous thing to order he lives of others and I have often wondered at the self-confidence of politicians, reformers and suchlike who are prepared to force upon their fellows measures that must alter their manners, habits and points of view. I have always hesitated to give advice, for how can one advise another how to act unless one knows that other as well as one knows oneself? Heaven knows, I know little enough of myself: I know nothing of others. We can only guess at the thoughts and emotions of our neighbours. Each one of us is a prisoner in a solitary tower and he communicates with the other prisoners, who form mankind, by conventional signs that have not quite the same meaning for them as for himself. And life, unfortunately, is something that you can lead but once; mistakes are often irreparable, and who am I that I should tell this one and that how he should lead it?

Life is a difficult business and I have found it hard enough to make my own a complete and rounded thing; I have not been tempted to teach my neighbour what he should do with his. But there are men who flounder at the journey's start, the way before them is confused and hazardous, and on occasion, however unwillingly, I have been forced to point the finger of fate. Sometimes men have said to me, what shall I do with my life? and I have seen myself for a moment wrapped in the dark cloak of Destiny.

Once I know that I advised well.

I was a young man and I lived in a modest apartment in London near Victoria Station. Late one afternoon, when I was beginning to think that I had worked enough for that day, I heard a ring at the bell. I opened the door to a total stranger. He asked me my name; I told him. He asked if he might come in.

Es ist gefährlich, anderer Leute Leben bestimmen zu
wollen, und ich habe mich oft über die Selbstsicherheit
von Politikern, Reformatoren und Konsorten gewundert,
die sich nicht scheuen, ihren Mitmenschen Maßstäbe auf-
zuzwingen, welche ihre Sitten, Gewohnheiten und Ansichten
verändern. Ich habe immer gezögert, Rat zu erteilen, denn
wie kann man einem anderen raten, wie er handeln soll, wenn
man ihn nicht so kennt wie sich selbst? Ich weiß wahrhaftig
herzlich wenig über mich selbst, doch über andere weiß ich so
gut wie gar nichts. Wir können nur mutmaßen, was unsere
Mitmenschen denken und fühlen. Jeder von uns ist ein Gefan-
gener in einem einsamen Turm. Wir stehen mit allen übrigen
Gefangenen, die die Menschheit bilden, mittels vereinbarter
Zeichen in Verbindung, nur daß diese Zeichen für jene nicht
ganz dasselbe bedeuten wie für uns selbst. Zudem leben wir
leider nur einmal, und Fehler sind oft nicht wiedergutzuma-
chen. Wie käme ich also dazu, dem einen oder anderen zu
sagen, wie er sein Dasein gestalten soll? Verzwickt wie das
Leben nun einmal ist, hatte ich meine liebe Not, mein eigenes
so zu führen, daß es Hand und Fuß hatte. Ich habe nie die
Versuchung verspürt, meinen Nächsten zu belehren, was er
mit dem seinen machen sollte. Aber es gibt Menschen, die
schon am Anfang ihrer Reise straucheln, die einen verschlun-
genen und gefährlichen Weg vor sich haben. Bei ihnen habe ich
mich gelegentlich gezwungen gesehen, dem Schicksal ein bißchen nachzuhelfen, so zuwider es mir auch war. So wurde ich
manchmal gefragt: «Was soll ich denn mit meinem Leben
anfangen?» und da war es mir dann, als umhüllte mich für
einen Augenblick der dunkle Mantel des Schicksals.

Einmal, weiß ich, war ich ein guter Ratgeber.

Ich war ein junger Mann und wohnte in einer bescheidenen
Behausung in London, nicht weit vom Victoria-Bahnhof. An
einem Spätnachmittag, als ich eben dachte, ob ich nicht mein
Tagewerk erfüllt hätte, hörte ich die Türglocke läuten. Ich
öffnete; ein wildfremder Mann stand vor mir. Er fragte, wie ich
heiße, und ich sagte es ihm. Er fragte, ob er eintreten dürfe.

"Certainly."

I led him into my sitting-room and begged him to sit down. He seemed a trifle embarrassed. I offered him a cigarette and he had some difficulty in lighting it without letting go of his hat. When he had satisfactorily achieved this feat I asked him if I should not put it on a chair for him. He quickly did this and while doing it dropped his umbrella.

"I hope you don't mind my coming to see you like this," he said. "My name is Stephens and I am a doctor. You're in the medical, I believe?"

"Yes, but I don't practise."

"No, I know. I've just read a book of yours about Spain and I wanted to ask you about it."

"It's not a very good book, I'm afraid."

"The fact remains that you know something about Spain and there's no one else I know who does. And I thought perhaps you wouldn't mind giving me some information."

"I shall be very glad."

He was silent for a moment. He reached out for his hat and holding it in one hand absent-mindedly stroked it with the other. I surmised that it gave him confidence.

"I hope you won't think it very odd for a perfect stranger to talk to you like this." He gave an apologetic laugh. "I'm not going to tell you the story of my life."

When people say this to me I always know that it is precisely what they are going to do. I do not mind. In fact I rather like it.

"I was brought up by two old aunts. I've never been anywhere. I've never done anything. I've been married for six years. I have no children. I'm a medical officer at the Camberwell Infirmary. I can't stick it any more."

There was something very striking in the short, sharp sentences he used. They had a forcible ring. I

«Ja bitte!»

Ich führte ihn in mein Wohnzimmer und bat ihn, Platz zu nehmen. Er schien ein bißchen verlegen. Ich bot ihm eine Zigarette an, deren Anzünden ihm etwas Mühe machte, da er seinen Hut nicht aus der Hand geben wollte. Als er das Kunststück so einigermaßen bewerkstelligt hatte, erbot ich mich, seinen Hut für ihn auf einem Stuhl abzulegen. Er tat es selbst, aber so hastig, daß ihm dabei der Schirm entglitt.

«Hoffentlich macht es Ihnen nichts aus, daß ich so einfach bei Ihnen hereinplatze», sagte er. «Ich heiße Stephens und bin Arzt. Sind Sie nicht auch Mediziner?»

«Ja, aber ich übe den Beruf nicht aus.»

«Ich weiß. Ich habe erst neulich ein Buch von Ihnen über Spanien gelesen und wollte Sie ein bißchen darüber ausfragen.»

«Es ist kein sehr gutes Buch, fürchte ich.»

«Aber es steht fest, daß Sie über Spanien Bescheid wissen, und ich kenne sonst niemand, bei dem das zutrifft. Und so habe ich mir gedacht, Sie könnten mir vielleicht ein paar Auskünfte geben.»

«Das tue ich sehr gern.»

Er schwieg einen Augenblick. Dann angelte er sich seinen Hut, hielt ihn mit einer Hand fest und streichelte ihn versonnen mit der anderen, vermutlich, um sich Mut zu machen.

«Ich hoffe, Sie halten mich nicht für verrückt, wenn ich als wildfremder Mensch so mit Ihnen rede.» Er gab ein schüchternes Lachen von sich. «Ich will Ihnen nicht meine Lebensgeschichte erzählen.»

Wenn einer das sagt, dann weiß ich immer, daß er genau das im Schilde führt. Ich habe nichts dagegen. Es macht mir eher Spaß.

«Ich bin von zwei alten Tanten aufgezogen worden. Ich bin nirgendwo hingekommen, ich habe nie etwas unternommen. Ich bin seit sechs Jahren verheiratet. Ich habe keine Kinder. Ich bin Krankenhausarzt in Camberwell. Ich halte es nicht mehr aus.»

Es war etwas sehr Auffallendes in den kurzen, kantigen Sätzen, die er sprach. Sie hatten einen bezwingenden Ton. Ich

had not given him more than a cursory glance, but now I looked at him with curiosity. He was a little man, thick-set and stout, of thirty perhaps, with a round red face from which shone small, dark and very bright eyes. His black hair was cropped close to a bullet-shaped head. He was dressed in a blue suit a good deal the worse for wear. It was baggy at the knees and the pockets bulged untidily.

"You know what the duties are of a medical officer in an infirmary. One day is pretty much like another. And that's all I've got to look forward to for the rest of my life. Do you think it's worth it?"

"It's a means of livelihood," I answered.

"Yes, I know. The money's pretty good."

"I don't exactly know why you've come to me."

"Well, I wanted to know whether you thought there would be any chance for an English doctor in Spain?"

"Why Spain?"

"I don't know, I just have a fancy for it."

"It's not like *Carmen*, you know."

"But there's sunshine there, and there's good wine, and there's colour, and there's air you can breathe. Let me say what I have to say straight out. I heard by accident that there was no English doctor in Seville. Do you think I could earn a living there? Is it madness to give up a good safe job for an uncertainty?"

"What does your wife think about it?"

"She's willing."

"It's a great risk."

"I know. But if you say take it, I will: if you say stay where you are, I'll stay."

He was looking at me intently with those bright dark eyes of his and I knew that he meant what he said. I reflected for a moment.

"Your whole future is concerned: you must decide for yourself. But this I can tell you: if you don't want

hatte ihm nicht mehr als einen flüchtigen Blick gegönnt, doch
jetzt betrachtete ich ihn mit Neugier. Er war von kleiner
Statur, gedrungen und füllig, und ungefähr dreißig Jahre alt.
Aus einem runden, rötlichen Gesicht blickten kleine, dunkle,
sehr lebhafte Augen. Die schwarzen Haare auf dem runden
Schädel waren kurz geschoren. Er trug einen blauen, schon
recht abgetragenen Anzug mit ausgebeulten Knien und sackar-
tig erweiterten Taschen.

«Sie wissen, welche Pflichten ein Arzt in einem Krankenhaus hat. Ein Tag gleicht dem anderen. Und das ist alles, was
ich mir vom Rest meines Lebens erwarten kann. Finden Sie,
das lohnt sich?»

«Es ernährt seinen Mann», antwortete ich.

«Freilich, das weiß ich. Man verdient ganz gut.»

«Ich weiß nicht so recht, warum Sie zu mir gekommen
sind.»

«Nun, ich wollte wissen, ob Sie für einen englischen Arzt in
Spanien Aussichten sehen.»

«Warum Spanien?»

«Ich weiß nicht, ich habe halt eine Schwäche dafür.»

«Es ist dort nicht alles wie in *Carmen*, wissen Sie?»

«Aber die Sonne scheint, es gibt guten Wein, die Farben sind
heller und die Luft ist würziger. Lassen Sie mich kurz sagen,
worum es sich handelt. Ich habe zufällig gehört, daß es in
Sevilla keinen englischen Arzt gibt. Glauben Sie, ich könnte
dort mein Brot verdienen? Oder wäre es hirnverbrannt, eine
gute, sichere Stelle gegen Ungewißheit einzuhandeln?»

«Was hält Ihre Frau davon?»

«Sie ist einverstanden.»

«Es ist ein großes Wagnis.»

«Ich weiß. Aber wenn Sie sagen: ‹Greifen Sie zu!› dann tu
ich's, und wenn Sie sagen: ‹Bleiben Sie lieber im Lande!› dann
bleibe ich, wo ich bin.»

Er sah mich gespannt aus seinen lebhaften dunklen Augen
an, und ich wußte, daß es ihm ernst war. Ich dachte einen
Augenblick nach.

«Ihre ganze Zukunft steht auf dem Spiel, Sie müssen sich
selbst entscheiden. Nur eins kann ich Ihnen sagen: Wenn Sie

money but are content to earn just enough to keep body and soul together, then go. For you will lead a wonderful life."

He left me, I thought about him for a day or two, and then forgot. The episode passed completely from my memory.

Many years later, fifteen at least, I happened to be in Seville and having some trifling indisposition asked the hotel porter whether there was an English doctor in the town. He said there was and gave me the address. I took a cab and as I drove up to the house a little fat man came out of it. He hesitated when he caught sight of me.

"Have you come to see me?" he said. "I'm the English doctor."

I explained my errand and he asked me to come in. He lived in an ordinary Spanish house, with a patio, and his consulting room which led out of it was littered with papers, books, medical appliances, and lumber. The sight of it would have startled a squeamish patient. We did our business and then I asked the doctor what his fee was. He shook his head and smiled.

"There's no fee."

"Why on earth not?"

"Don't you remember me? Why, I'm here because of something you said to me. You changed my whole life for me. I'm Stephens."

I had not the least notion what he was talking about. He reminded me of our interview, he repeated to me what we had said, and gradually, out of the night, a dim recollection of the incident came back to me.

"I was wondering if I'd ever see you again," he said, "I was wondering if ever I'd have a chance of thanking you for all you've done for me."

"It's been a success then?"

I looked at him. He was very fat now and bald, but

es nicht auf Geld abgesehen haben, sondern mit gerade genug zufrieden sind, um Leib und Seele zusammenzuhalten, dann gehen Sie! Denn Sie werden ein herrliches Leben führen.»

Er verabschiedete sich. Ich dachte noch ein oder zwei Tage über ihn nach und vergaß ihn dann. Der ganze Vorfall schwand spurlos aus meinem Gedächtnis.

Viel später, es waren mindestens fünfzehn Jahre, weilte ich zufällig in Sevilla und fragte einer kleinen Unpäßlichkeit wegen den Hotelportier, ob es einen englischen Arzt in der Stadt gebe. Er bejahte meine Frage und gab mir die Adresse. Ich nahm ein Taxi, und als ich zu dem Haus hinfuhr, kam ein kleiner, dicker Mann heraus. Er zögerte, als er mich erblickte.

«Kommen Sie zu mir?» fragte er. «Ich bin der englische Arzt.»

Ich erklärte ihm mein Anliegen, und er bat mich, einzutreten. Er wohnte in einem gewöhnlichen spanischen Haus, und sein Sprechzimmer, das man vom Innenhof aus betrat, war übersät mit Papieren, Büchern, medizinischen Apparaten und allem möglichen Kram: ein Anblick, der einen zimperlichen Patienten schrecken konnte. Ich ließ mich behandeln und fragte dann nach dem Honorar. Der Mann schüttelte den Kopf und lächelte.

«Das kostet nichts.»

«Ja wieso denn nicht?»

«Erinnern Sie sich nicht an mich? Ich bin doch hier, weil Sie mir den Tip gegeben haben. Sie haben mein ganzes Leben verwandelt. Ich bin Stephens.»

Ich hatte nicht die geringste Ahnung, wovon er redete. Da rief er mir unser Zwiegespräch ins Gedächtnis, wiederholte, was wir gesprochen hatten, und allmählich kehrte aus der Nacht des Vergessens eine blasse Erinnerung an jene Episode zurück.

«Ich habe mich immer gefragt, ob ich Sie je wieder sehen würde», sagte er, «ob ich je Gelegenheit haben würde, Ihnen für alles zu danken, was Sie für mich getan haben.»

«Dann war es also ein Erfolg?»

Ich betrachtete ihn. Er war jetzt sehr beleibt und außerdem

his eyes twinkled gaily and his fleshy, red face bore an expression of perfect good-humour. The clothes he wore, terribly shabby they were, had been made obviously by a Spanish tailor and his hat was the wide-brimmed sombrero of the Spaniard. He looked to me as though he knew a good bottle of wine when he saw it. He had a dissipated, though entirely sympathetic, appearance. You might have hesitated to let him remove your appendix, but you could not have imagined a more delightful creature to drink a glass of wine with.

"Surely you were married?" I said.

"Yes. My wife didn't like Spain, she went back to Camberwell, she was more at home there."

"Oh, I'm sorry for that."

His black eyes flashed a bacchanalian smile. He really had somewhat the look of a young Silenus.

"Life is full of compensations," he murmured.

The words were hardly out of his mouth when a Spanish woman, no longer in her first youth, but still boldly and voluptuously beautiful, appeared at the door. She spoke to him in Spanish, and I could not fail to perceive that she was the mistress of the house.

As he stood at the door to let me out he said to me:

"You told me when last I saw you that if I came here I should earn just enough money to keep body and soul together, but that I should lead a wonderful life. Well, I want to tell you that you were right. Poor I have been and poor I shall always be, but by heaven I've enjoyed myself. I wouldn't exchange the life I've had with that of any king in the world."

kahlköpfig, aber seine Augen blinzelten lustig und sein fleischiges rotes Gesicht hatte einen Ausdruck unverwüstlichen Frohsinnes. Seine Kleider, die sich in einem furchtbar schäbigen Zustand befanden, stammten offensichtlich von einem spanischen Schneider, und als Kopfbedeckung trug er den breitkrempigen Sombrero des echten Spaniers. Er machte auf mich den Eindruck, als kenne er einen guten Tropfen schon von weitem. Er wirkte zwar liederlich, aber warm und herzlich. Man hätte vielleicht zögern können, sich von ihm den Wurmfortsatz entfernen zu lassen, aber man konnte sich keinen reizenderen Zechgenossen bei einem Glas Wein vorstellen.

«Sie waren doch verheiratet», sagte ich.

«Ja. Aber meine Frau mochte Spanien nicht, sie kehrte nach Camberwell zurück; sie fühlte sich dort mehr zuhause.»

«Oh, das tut mir aber leid.»

Aus seinen schwarzen Augen sprühte ein bacchantisches Lächeln. Er hatte tatsächlich ein wenig das Aussehen eines jungen Fauns.

«Das Leben entschädigt für alles», murmelte er.

Die Worte waren kaum gesprochen, als eine Spanierin, nicht mehr ganz jung, aber noch immer von auffallender und üppiger Schönheit, an der Tür erschien. Sie sprach zu ihm auf spanisch, und es konnte mir nicht verborgen bleiben, daß sie die Frau des Hauses war.

Während er an der Haustür stand, um mich hinauszulassen, sagte er noch zu mir:

«Sie haben damals zu mir gesagt, ich würde, wenn ich hierher käme, gerade genug verdienen, um Leib und Seele zusammenzuhalten, aber ich würde ein herrliches Leben führen. Ich möchte Ihnen sagen, daß Sie recht hatten. Arm bin ich und werde es immer bleiben, aber ich habe weiß Gott mein Leben genossen. Ich möchte mit keinem König tauschen.»

The old man, the well-off uncle, arrived early to tea – it was the first of the month, his regular day. But just before his coming the young couple had themselves been invited to a party for that same afternoon – a "good" party. They stood now in the hall wondering how it would be possible, even at this late hour, to escape from their guest.

"After all, any afternoon does for him," said the wife, laying her hand on the drawing-room door.

"But, darling, do remember – this is quite a red letter day for the old boy, he gets out so seldom."

"Exactly; that's what I say, it's all the same to him when he comes."

"It would be idiotic to offend him."

"It would be idiotic to refuse the Goodwins – it's just luck our being asked at all, and if we refuse they'll never think of us again. They have such hundreds of friends already."

"But it's four o'clock *now*. What excuse can we give? And you know how touchy and suspicious these old men are. They get so wrapped up in themselves. He'll see in half a second that you're putting him off and never forgive it. I shouldn't blame him. I shouldn't exactly enjoy it myself."

They argued savagely, nose to nose, in furious whispers which sounded like the hissing of snakes roused from a summer nap in some warm garden heap.

In the drawing-room, sunk in the deepest armchair, the old man waited, gazing absently through the open glass door at a freshly watered lawn. His ears were good except in a crowd – he heard the whispering but gave it no attention. It was none of his business, and he was too old and tired to waste time on other people's business. So he continued to look at the garden. And it seemed to him now that the smell

Der alte Erbonkel kam zu früh zum Tee – es war der Monatser-
ste, sein gewohnter Tag. Doch kurz zuvor waren die jungen
Eheleute ihrerseits zu einer Party – einer richtigen – für den
gleichen Nachmittag eingeladen worden. So standen sie nun
im Flur und zerbrachen sich den Kopf, wie sie sich jetzt noch
von ihrem Gast loseisen könnten!

«Eigentlich müßte ihm jeder Nachmittag recht sein», sagte
die Frau und legte die Hand auf die Klinke der Salontür.

«Aber Liebling, vergiß nicht – es ist ein besonderes Ereignis
für den alten Knaben, er kommt doch so selten unter die
Leute.»

«Richtig, das meine ich ja; es kann ihm egal sein, wann er
kommt.»

«Es wäre Blödsinn, ihn vor den Kopf zu stoßen.»

«Und es wäre Blödsinn, den Goodwins abzusagen – wir
hatten Glück, daß sie uns überhaupt eingeladen haben, und
wenn wir absagen, werden sie nie mehr an uns denken. Sie
haben Bekannte in Hülle und Fülle.»

«Aber es ist ja schon vier Uhr. Wie könnten wir uns
herausreden? Du weißt doch, wie empfindlich und mißtrauisch
diese alten Leute sind. Sie beschäftigen sich nur noch mit sich
selbst. Er wird im Nu merken, daß du ihn abwimmeln willst,
und es dir nie verzeihen. Ich könnte es ihm nicht verübeln.
Auch ich würde mich dafür bedanken.»

Die Köpfe zusammengesteckt, redeten sie heftig aufeinan-
der ein. Ihr gereiztes Getuschel klang wie ein Zischen von
Schlangen, die in einem sommerlichen Komposthaufen aus
dem Schlaf geschreckt werden.

Im Salon wartete, im tiefsten Sessel versunken, der alte
Mann und schaute durch die offene Glastür gedankenverloren
auf den frisch gesprengten Rasen hinaus. Sein Gehör war noch
gut – außer in der Menge – und er vernahm das Flüstern, ohne
es freilich weiter zu beachten. Es ging ihn nichts an, und er war
zu alt und müde, um Zeit mit fremden Angelegenheiten zu
verschwenden. So fuhr er fort, den Garten zu betrachten. Es
war ihm, als wehte jetzt der Geruch von feuchtem Gras zu ihm

of the wet grass was coming to him – and perhaps a whiff of sweet-briar from the hedge. His wide thin nostrils twitched. Yes, no doubt of it. And a faint but distinct current of pleasure vibrated in his old dry nerves. How nice that was. He'd forgotten how nice – something he missed in that flat of his. How easy it was to lose touch with simple ordinary enjoyments, and how precious they were.

He had hesitated about his visit today – his nurse had been all against it, she had kept on reminding him of his bad nights, and that last attack which had so nearly finished him – she was certainly an excellent woman, most devoted and reliable. But he had insisted that he had family duties. He was expected. He must go. How glad he was now that he had taken the trouble and the risk.

Suddenly his grand-niece, aged six, dashed into the room from the garden. She was carrying an immense doll of black stuff with a round face, goggle-eyes made of pearl shirt buttons, and enormous teeth. At the sight of the visitor, she stopped abruptly, stared and blushed. She was startled by his thin, yellow cheeks and deep wrinkles.

The old man moved only his large pale eyes towards the child. He could not afford to waste energy.

At last, aware of the child's silence and supposing her embarrassed, he murmured, "Is that your best dolly?" But the question expected no answer, the glance had that appreciation seen only in the very young and the very old whose pleasure is unmixed with reflection, without any overtone of idea. The old man did not seek even to placate the child, he enjoyed her as he had enjoyed the garden, that whiff of grass and briar brought to him by an accident of time and place.

The child ignored a remark which, as she perceived at once, was merely polite. She put the doll behind

herein – dazu vielleicht der Duft der süßen Heckenrosen. Seine weit geöffneten feinen Nasenflügel bebten. Ja, kein Zweifel: es war die Hecke. Und eine schwache, aber deutliche Regung des Behagens durchpulste seine alten, welken Nerven. Wie angenehm das war! Er hatte vergessen, wie schön – mußte er es doch in seiner Stadtwohnung entbehren. Wie leicht verlor man den Kontakt mit einfachen, alltäglichen Freuden, und wie kostbar waren sie!

Er hatte sich zu dem heutigen Besuch nur zögernd ent-schlossen – seine Pflegerin war ganz dagegen gewesen. Sie hatte ihn beharrlich an seine bösen Nächte erinnert, und an den letzten Anfall, der ihn fast das Leben gekostet hatte – was war sie für eine vortreffliche Frau, so treu und zuverlässig! Doch er hatte darauf gepocht, daß er familiäre Verpflichtungen habe. Man erwartete ihn. Er mußte kommen. Wie froh war er jetzt, daß er die Mühe und das Wagnis auf sich genommen hatte!

Plötzlich kam seine Großnichte, ein sechsjähriges Kind, vom Garten hereingerannt. Sie schleppte eine riesige schwarze Stoffpuppe mit einem runden Gesicht, Knopfaugen aus Perlmutt und ungeheuren Zähnen. Beim Anblick des Besuchers blieb sie wie angewurzelt stehen, blickte ihn starr an und errötete. Sie war bestürzt über seine eingefallenen gelblichen Wangen und seine tiefen Runzeln.

Der alte Mann reagierte auf das Kind nur mit einer Bewegung seiner großen blassen Augen. Er konnte es sich nicht leisten, Kraft zu verschwenden.

Endlich, als ihm das Schweigen der Kleinen zum Bewußtsein kam, und er ihre Verlegenheit ahnte, murmelte er: «Ist das deine schönste Puppe?» Doch seine Frage erwartete keine Antwort, sein Blick war von jener Anteilnahme, die man nur bei kleinen Kindern und Greisen findet, deren Lebensfreude von jedem Sinnen und Trachten frei ist. Der alte Mann versuchte nicht einmal, das Zutrauen des Kindes zu gewinnen, er freute sich an ihm, wie er sich an dem Garten gefreut hatte, dem Duft der Gräser und Blüten, den ihm ein glücklicher Zufall von Zeit und Ort bescherte.

Die Kleine überhörte seine Bemerkung, die, wie sie sofort spürte, bloße Höflichkeit war. Sie versteckte die Puppe hinter

her back, and walked slowly up to the old man, staring at him with an intent piercing curiosity. Then she said, "Are you *very* old?"

He looked at her with the permanently raised eyebrows of his age, and echoed placidly: "Very old."

"Very, very old?"

"Very, very old."

"You're going to die soon."

"Yes, I suppose so." His eyes, bright with pleasure in spite of the eyebrows fixed in their record of old griefs, gazed at her with absent-minded wonder. He was thinking "Yes, how charming they are, children – how nice she is."

"You only have two years more."

"Two years?"

"That's what it says in the almanack."

"Two years." He repeated the phrase as a child turns over words without troubling to consider them. "The almanack."

"Yes. Mummy's almanack."

"Your mother's almanack," he murmured. It did not interest him to discover in this way that his niece had been looking into *Whitaker* to calculate his expectation of life. He had no time for such boring considerations. He said dreamily, as if the words were prompted by some part of his brain which, being set in motion, continued in the same direction quite apart from his thoughts, "And what is dolly's name?"

The whispering outside had come to an end. The young couple entered the room from the side door behind his chair. They both had that air of hardly restrained impatience which belongs to young healthy creatures everywhere: colts, kittens; the girl, buxom and a little too rosy, the man lean, with a soft thick mouth. Their bodies seemed to bring with them that atmosphere of a snug private room, over-curtained and rather stuffy, which belongs to happily married couples in the youth of their pleasure.

ihrem Rücken und ging langsam auf den Alten zu, während sie ihn mit unverhohlener Neugier musterte. Dann sagte sie: «Bist du sehr alt?»

Seine Augen betrachteten sie unter den greisenhaft hochgezogenen Brauen, und er sprach gleichmütig nach: «Sehr alt.»

«Uralt?»

«Ja, uralt.»

«Dann mußt du bald sterben.»

«Ich glaube, ja.» Seine Augen, hell und froh unter der von einstigem Gram zerfurchten Stirn, waren in versonnenem Staunen auf das Mädchen gerichtet. Er dachte bei sich: «Kinder sind doch etwas Zauberhaftes. Wie reizend sie ist, die Kleine!»

«Du hast bloß noch zwei Jahre zu leben.»

«Zwei Jahre?»

«So steht es im Jahrbuch.»

«Zwei Jahre.» Er wiederholte die Worte, wie ein Kind Vokabeln aneinanderreiht, ohne über ihren Sinn nachzudenken. «Im Jahrbuch.»

«Ja, in Muttis Jahrbuch.»

«Muttis Jahrbuch», murmelte er. Es berührte ihn nicht, auf diese Weise zu erfahren, daß seine Nichte im Whitaker nachgeschlagen hatte, um seine Lebenserwartung zu berechnen. Er hatte keine Zeit für so langweilige Betrachtungen. Er sagte träumerisch, als würden ihm die Worte von irgendeinem Teil seines Gehirnes zugeflüstert, das, einmal in Gang gesetzt, sich unabhängig von seinem Denken in die eingeschlagene Richtung bewegte: «Und wie heißt deine Puppe?»

Das Tuscheln vor der Tür hatte aufgehört. Das junge Paar betrat das Zimmer durch die Nebentür hinter seinem Sessel. Sie erweckten beide den Eindruck nur mühsam gezügelter Ungeduld, wie sie allen jungen und gesunden Geschöpfen zu eigen ist. Fohlen oder junge Katzen! So wirkten sie beide: das Mädchen drall und fast ein bißchen zu rosig, der junge Mann schlank, mit weichen, vollen Lippen. Sie brachten mit sich die Atmosphäre eines kuscheligem Heimes, hinter dessen üppigen Vorhängen und spärlich geöffneten Fenstern glücklich verheiratete Pärchen die Blütezeit ihrer Verliebtheit auskosten.

And like others who enjoy much happiness, they hated the least interruption of it. They hated and resented this quarrel. As they came towards the old man, their faces expressed the highest degree of exasperation.

When he turned his eyes towards them and made a gesture as if to get up, both smiled the same smile, one that did not even affect pleasure but only politeness.

"Don't, don't get up," the woman cried, and kissed his forehead, gently pushing him back into the chair. "Uncle dear, it's such an nuisance —" and she began an elaborate story, plainly a construction of lies, about a telephone call from a friend who was suddenly taken ill. But if he would not mind amusing himself for half an hour – an hour at the very most – they would hurry back. Or perhaps he would rather come another day when they would be free to enjoy his visit.

The old man seemed to reflect, and said, "Thank you." Then, after another pause, as if for deeper reflection, he added, "I'm afraid I'm rather early, aren't I?"

The couple exchanged furious glances. What enraged them was that he did not trouble even to examine their hint. He was too vague, too gaga. The woman tried again – "The only thing that worries us, Uncle, is that we might be kept – it's always so uncertain, when people are ill."

"Don't trouble about me , my dear – I'll be quite all right."

They looked inquiry at each other. The wife pushed out her cupid's mouth, too small for her round cheeks, and half closed her eyes as if to say, "You see – I told you he was going to spoil everything." The husband frowned from her to the uncle, unable to decide which was the chief cause of his enormous disgust.

Und wie alle anderen, die im Glück schwelgen, haßten auch sie die geringste Unterbrechung darin. Dieser Streit war ihnen gründlich zuwider. Während sie auf den alten Mann zusteuerten, sprach aus ihren Gesichtern ein nicht zu überbietender Verdruß.

Als der Alte sich nach ihnen umwandte und Miene machte, sich zu erheben, setzten beide das gleiche Lächeln auf, ein Lächeln bloßer Höflichkeit, das Freude nicht einmal vortäuschen sollte.

«Halt, nicht aufstehen!» rief die Frau und drückte ihn sanft in den Sessel zurück, wobei sie ihn auf die Stirn küßte. «Liebster Onkel, es ist wirklich ärgerlich . . . »und sie begann eine umständliche, schlicht erlogene Geschichte von einem Telefonanruf eines plötzlich erkrankten Freundes. Wenn es ihm, dem Onkel, nichts ausmachen würde, sich eine halbe Stunde – allerhöchstens eine Stunde – mit sich selbst zu beschäftigen, so würden sie sich beeilen, um gleich wieder zurück zu sein. Oder käme er vielleicht lieber an einem anderen Tag, wenn sie mehr Zeit hätten, sich über seinen Besuch zu freuen.

Der alte Mann schien nachzudenken. Dann sagte er: «Vielen Dank.» Nach einer Pause anscheinend weiteren Nachdenkens fügte er hinzu: «Ich fürchte, ich habe mich etwas verfrüht, nicht wahr?»

Die Eheleute warfen sich wütende Blicke zu. Was sie so erbitterte, war, daß er, sorglos, ihren Wink überhaupt nicht beachtete. Er war zu abwesend, zu vertrottelt. Die Frau versuchte es von neuem: «Das einzige, was uns beunruhigt, ist, daß wir aufgehalten werden könnten – es ist immer so unberechenbar, wenn Leute krank sind.»

«Mach dir keine Sorgen um mich, Mädchen! – Mir wird schon nichts abgehen.»

Sie schauten einander fragend an. Die Frau spitzte ihr Schmollmündchen, das für ihre runden Backen etwas zu klein war, und kniff die Augen zusammen, als wollte sie sagen: «Da hast du es – ich habe dir gleich gesagt, daß er uns alles verpatzen wird.» Der Mann blickte finster von einem zum anderen, als könnte er sich nicht schlüssig werden, wer von beiden die Hauptschuld an seiner verheerenden Stimmung trug.

"Two years," the little girl exclaimed loudly. She had never taken her eyes off the visitor. "In two years you'll be dead." She gave a little skip. "In two years."

The couple were horrified. They looked blank, senseless, shocked – as if someone had let off a bomb and blown out all the windows. The husband, very red, said in a voice of foolish surprise: "Really – that's hardly – ah . . ."

The young woman took the child by the arm and said, "That's enough, Susan. Come, it's time for you to go upstairs." At the same moment she gave the uncle a glance full of guilty anger, which meant, "Yes, I'm wicked, but it's all your fault."

Susan jerked away from her mother and said angrily, "No, I don't want to —" The old man slowly unfolded his long, thin arm towards her as if in sympathy. He murmured, "I haven't seen the dolly, have I?"

The little girl gazed at him. She was still fascinated by the idea of his age. She said, "Two years, and then you'll be dead."

"Susan, be quiet."

The little girl's eyelids flickered. She was feeling what death meant. Suddenly she went to her mother and put her arms round her skirts, as if for protection. The old man's eyebrows rose a little more; a colour, almost youthful, came into his cheeks, and he smiled. He was charmed by this picture, so spontaneous, so unexpected. He thought, "How pretty that is. How nice they are."

«Zwei Jahre», rief das kleine Mädchen mit lauter Stimme. Sie hatte die ganze Zeit von dem Besucher keinen Blick gewandt. «In zwei Jahren bist du tot.» Sie tat einen kleinen Hüpfer. «In zwei Jahren.»

Die Eltern erschraken. Sie wirkten betreten, benommen, entsetzt – als wäre eine Bombe hochgegangen und hätte alle Fenster aus den Stöcken gerissen. Der Mann, puterrot angelaufen, stieß verdattert hervor: «Aber wirklich! Das hat nichts mehr mit – äh...»

Die junge Frau packte das Kind am Arm und sagte: «Das reicht, Susan. Komm, es ist Zeit, daß du auf dein Zimmer gehst.» Gleichzeitig warf sie dem Onkel einen Blick voll schuldbewußter Feindseligkeit zu, der zu sagen schien: «Jawohl, ich bin böse, aber schuld daran bist nur du.»

Susan riß sich von ihrer Mutter los und sagte zornig: «Nein, ich will nicht –» Der alte Mann breitete in einer Geste der Anteilnahme seine langen, dünnen Arme nach ihr aus und murmelte: «Ich habe deine Puppe noch nicht richtig gesehen, vorhin, weißt du?»

Das kleine Mädchen starrte ihn an. Der Gedanke an sein Alter hielt sie noch immer in Bann. Sie sagte: «Zwei Jahre, und dann bist du tot.»

«Susan, sei still!»

Die Augenlider des kleinen Mädchens flatterten. Sie spürte, was Totsein bedeutete. Plötzlich ging sie zu ihrer Mutter und schlang, wie Schutz suchend, die Arme um ihre Röcke. Die Brauen des Alten wölbten sich noch höher; seine Wangen bekamen eine fast jugendfrische Farbe, und er lächelte. Er war entzückt von diesem Bild, das sich so plötzlich, so unerwartet bot. Und sein Gedanke war: «Wie hübsch, dieser Anblick! Und wie liebenswert, diese Menschen!»

She sat at the window watching the evening invade the avenue. Her head was leaned against the window curtains and in her nostrils was the odour of dusty cretonne. She was tired.

Few people passed. The man out of the last house passed on his way home; she heard his footsteps clacking along the concrete pavement and afterwards crunching on the cinder path before the new red houses. One time there used to be a field in which they used to play every evening with other people's children. Then a man from Belfast bought the field and built houses in it – not like their little brown houses, but bright brick houses with shining roofs. The children of the avenue used to play together in that field – the Devines, the Waters, the Dunns, little Keogh the cripple, she and her brothers and sisters. Ernest, however, never played: he was too grown up. Her father used often to hunt them in out of the field with his blackthorn stick; but usually little Keogh used to keep *nix* and call out when he saw her father coming. Still they seemed to have been rather happy then. Her father was not so bad then; and besides, her mother was alive. That was a long time ago; she and her brothers and sisters were all grown up; her mother was dead. Tizzie Dunn was dead, too, and the Waters had gone back to England. Everything changes. Now she was going to go away like the others, to leave her home.

Home! She looked round the room, reviewing all its familiar objects which she had dusted once a week for so many years, wondering where on earth all the dust came from. Perhaps she would never see again those familiar objects from which she had never dreamed of being divided. And yet during all those years she had never found out the name of the priest whose yellowing photograph hung on the wall above

Sie saß am Fenster und sah zu, wie der Abend in die Straße eindrang. Ihr Kopf war an die Fenstervorhänge gelehnt, und in ihrer Nase war der Geruch von staubigem Kretonne. Sie war müde.

Wenige Menschen gingen vorüber. Der Mann aus dem letzten Haus kam auf dem Heimweg vorbei; sie hörte seine Schritte auf dem Betonpflaster klappern und später auf dem Schlackenweg vor den neuen roten Häusern knirschen. Früher einmal war da ein Feld gewesen, auf dem sie jeden Abend mit den Kindern von anderen Leuten gespielt hatte. Dann kaufte ein Mann aus Belfast das Feld und baute Häuser darauf – nicht solche kleinen braunen Häuser wie ihre, sondern helle Backsteinhäuser mit glänzenden Dächern. Die Kinder der Straße spielten immer zusammen auf jenem Feld – die Devines, die Waters, die Dunns, der kleine Krüppel Keogh, sie und ihre Brüder und Schwestern.

Ernest jedoch spielte nie mit: er war zu erwachsen. Ihr Vater jagte sie oft mit seinem Schwarzdornstock aus dem Feld in die Häuser; aber gewöhnlich stand der kleine Keogh immer Schmiere und rief, wenn er ihren Vater kommen sah. Trotzdem waren sie damals anscheinend ganz glücklich gewesen. Ihr Vater war damals noch nicht so schlimm; und außerdem lebte ja ihre Mutter noch. Das war lange her, sie und ihre Brüder und Schwestern waren alle erwachsen; ihre Mutter war tot. Tizzie Dunn war auch tot, und die Waters waren nach England zurückgekehrt. Alles ändert sich. Jetzt würde sie fortgehen wie die anderen, ihr Elternhaus verlassen.

Elternhaus! Sie blickte sich im Zimmer um, musterte alle seine vertrauten Gegenstände, die sie so viele Jahre lang einmal die Woche abgestaubt hatte, und fragte sich, wo in aller Welt der ganze Staub bloß herkomme. Vielleicht würde sie diese vertrauten Gegenstände, von denen jemals getrennt zu werden sie sich nie hätte träumen lassen, nie mehr wiedersehen. Und doch hatte sie während all der Jahre nie den Namen des Priesters herausbekommen, dessen vergilbende Photographie

the broken harmonium beside the coloured print of the promises made to Blessed Margaret Mary Alacoque. He had been a school friend of her father. Whenever he showed the photograph to a visitor her father used to pass it with a casual word:

– He is in Melbourne now.

She had consented to go away, to leave her home. Was that wise? She tried to weigh each side of the question. In her home anyway she had shelter and food; she had those whom she had known all her life about her. Of course she had to work hard, both in the house and at business. What would they say of her in the Stores when they found out that she had run away with a fellow? Say she was a fool, perhaps; and her place would be filled up by advertisement. Miss Gavan would be glad. She had always had an edge on her, especially whenever there were people listening.

– Miss Hill, don't you see these ladies are waiting?

– Look lively, Miss Hill, please.

She would not cry many tears at leaving the Stores.

But in her new home, in a distant unknown country, it would not be like that. Then she would be married – she, Eveline. People would treat her with respect then. She would not be treated as her mother had been. Even now, though she was over nineteen, she sometimes felt herself in danger of her father's violence. She knew it was that that had given her the palpitations. When they were growing up he had never gone for her, like he used to go for Harry and Ernest, because she was a girl; but latterly he had begun to threaten her and say what he would do to her only for her dead mother's sake. And now she had nobody to protect her. Ernest was dead and Harry, who was in the church decorating business, was nearly always down somewhere in the country. Besides, the invariable squabble for money on Saturday nights had begun to weary her unspeakably. She

an der Wand über dem kaputten Harmonium neben dem Farbdruck der Verheißungen hing, die der Seligen Margareta Maria Alacoque gemacht worden waren. Er war ein Schulfreund ihres Vaters gewesen. Wann immer ihr Vater die Photographie einem Besucher zeigte, ging er mit einem beiläufigen Wort darüber weg:

– Er ist jetzt in Melbourne.

Sie hatte eingewilligt fortzugehen, ihr Elternhaus zu verlassen. War das klug? Sie versuchte, beide Seiten der Frage gegeneinander abzuwägen. Im Elternhaus hatte sie auf jeden Fall ein Dach überm Kopf und zu essen; um sich hatte sie die, die sie ihr ganzes Leben gekannt hatte. Natürlich mußte sie zu Hause und im Geschäft hart arbeiten. Was würden sie im Laden von ihr sagen, wenn herauskam, daß sie mit einem Burschen davongelaufen war? Daß sie närrisch war vielleicht; und ihre Stelle würde durch eine Anzeige neu besetzt werden. Miss Gavan wäre froh. Sie hatte sie immer auf dem Kieker gehabt, vor allem immer dann, wenn Leute zuhörten.

– Miss Hill, sehen Sie denn nicht, daß diese Damen warten?

– Nicht so verschlafen gucken, Miss Hill, bitte.

Dem Laden würde sie nicht viele Tränen nachweinen.

Aber in ihrem neuen Heim in einem fernen unbekannten Land würde es anders sein. Sie wäre dann verheiratet – sie, Eveline. Die Leute würden sie dann mit Respekt behandeln. Sie würde nicht behandelt werden wie einst ihre Mutter. Selbst jetzt, obwohl sie doch über neunzehn war, fühlte sie sich manchmal nicht sicher vor der Gewalttätigkeit ihres Vaters. Sie wußte, es war das, was ihr das Herzklopfen verursacht hatte. Als sie heranwuchsen, war er nie auf sie losgegangen, so wie er immer auf Harry und Ernest losging, weil sie ein Mädchen war; aber seit einiger Zeit hatte er angefangen, ihr zu drohen und zu sagen, was er mit ihr machen würde, wenn er sich nicht um ihrer toten Mutter willen zurückhielte. Und jetzt hatte sie niemanden, der sie in Schutz nahm. Ernest war tot, und Harry, der im Devotionalienhandel war, reiste fast immer irgendwo im Land umher. Außerdem hatten die unvermeidlichen Geldzankereien am Samstagabend angefangen, ihr unaussprechlich lästig zu werden. Sie gab stets ihren ganzen

always gave her entire wages – seven shillings – and Harry always sent up what he could but the trouble was to get any money from her father. He said she used to squander the money, that she had no head, that he wasn't going to give her his hard-earned money to throw about the streets, and much more, for he was usually fairly bad of a Saturday night. In the end he would give her the money and ask her had she any intention of buying Sunday's dinner. Then she had to rush out as quickly as she could and do her marketing, holding her black leather purse tightly in her hand as she elbowed her way through the crowds and returning home late under her load of provisions. She had hard work to keep the house together and to see that the two young children who had been left to her charge went to school regularly and got their meals regularly. It was hard work – a hard life – but now that she was about to leave it she did not find it a wholly undesirable life.

She was about to explore another life with Frank. Frank was very kind, manly, open-hearted. She was to go away with him by the night-boat to be his wife and to live with him in Buenos Ayres where he had a home waiting for her. How well she remembered the first time she had seen him; he was lodging in a house on the main road where she used to visit. It seemed a few weeks ago. He was standing at the gate, his peaked cap pushed back on his head and his hair tumbled forward over a face of bronze. Then they had come to know each other. He used to meet her outside the Stores every evening and see her home. He took her to see *The Bohemian Girl* and she felt elated as she sat in an unaccustomed part of the theatre with him. He was awfully fond of music and sang a little. People knew that they were courting and, when he sang about the lass that loves a sailor, she always felt pleasantly confused. He used to call her Poppens out of fun. First of all it had been an excitement for her to

Lohn – sieben Shilling –, und Harry schickte immer, was er konnte, aber die Schwierigkeit war, irgendwelches Geld von ihrem Vater zu bekommen. Er sagte, sie verschwende immer das Geld, sie habe nichts im Kopf, er würde ihr doch nicht sein schwerverdientes Geld geben, damit sie es zum Fenster hinausschmeiße, und vieles mehr, denn an Samstagabenden war er gewöhnlich ziemlich schlimm. Schließlich gab er ihr das Geld dann doch und fragte sie, ob sie eigentlich die Absicht habe, das Sonntagsessen einzukaufen. Dann mußte sie so schnell wie möglich hinausstürzen und ihre Einkäufe machen, ihre schwarze Lederbörse fest in der Hand, während sie sich mit den Ellbogen den Weg durch die Menge bahnte, und erst spät kehrte sie, beladen mit ihren Vorräten, nach Hause zurück. Es war harte Arbeit für sie, den Haushalt in Ordnung zu halten und dafür zu sorgen, daß die beiden jüngeren Kinder, die ihr anvertraut waren, regelmäßig zur Schule gingen und regelmäßig zu essen bekamen. Es war harte Arbeit – ein hartes Leben –, aber jetzt, da sie im Begriff war, es zu verlassen, fand sie es kein gänzlich unerträgliches Leben.

Sie war im Begriff, mit Frank ein neues Leben zu erforschen. Frank war sehr gut, männlich, offenherzig. Sie sollte mit ihm auf der Nachtfähre wegfahren, um seine Frau zu werden und mit ihm in Buenos Aires zu leben, wo sein Heim auf sie wartete. Wie gut erinnerte sie sich an das erste Mal, als sie ihn sah; er logierte in einem Haus an der Hauptstraße, wo sie immer Besuche machte. Es schien erst einige Wochen her zu sein. Er stand am Tor, die Schirmmütze nach hinten geschoben, und sein Haar fiel nach vorne in ein bronzenes Gesicht. Dann hatten sie sich kennengelernt. Jeden Abend holte er sie vor dem Laden ab und brachte sie nach Hause. Er ging mit ihr in *Die Zigeunerin*, und sie war in gehobener Stimmung, als sie mit ihm zusammen in einem ungewohnten Teil des Theaters saß. Er hatte Musik schrecklich gern und sang selber ein wenig. Die Leute wußten, daß sie miteinander gingen, und wenn er sang vom Mädchen, das den Seemann liebt, fühlte sie sich stets angenehm verwirrt. Aus Spaß nannte er sie immer Poppens. Zuerst war es ihr aufregend vorgekommen, einen Burschen zu haben, und dann hatte sie Gefallen an ihm gefunden. Er wußte

have a fellow and then she had begun to like him. He had tales of distant countries. He had started as a deck boy at a pound a month on a ship of the Allan Line going out to Canada. He told her the names of the ships he had been on and the names of the different services. He had sailed through the Straits of Magellan and he told her stories of the terrible Patagonians. He had fallen on his feet in Buenos Ayres, he said, and had come over to the old country just for a holiday. Of course, her father had found out the affair and had forbidden her to have anything to say to him.

– I know these sailor chaps, he said.

One day he had quarrelled with Frank and after that she had to meet her lover secretly.

The evening deepened in the avenue. The white of two letters in her lap grew indistinct. One was to Harry; the other was to her father. Ernest had been her favourite but she liked Harry too. Her father was becoming old lately, she noticed; he would miss her. Sometimes he could be very nice.

Not long before, when she had been laid up for a day, he had read her out a ghost story and made toast for her at the fire. Another day, when their mother was alive, they had all gone for a picnic to the Hill of Howth. She remembered her father putting on her mother's bonnet to make the children laugh.

Her time was running out but she continued to sit by the window, leaning her head against the window curtain, inhaling the odour of dusty cretonne. Down far in the avenue she could hear a street organ playing. She knew the air. Strange that it should come that very night to remind her of the promise to her mother, her promise to keep the home together as long as she could. She remembered the last night of her mother's illness; she was again in the close dark room at the other side of the hall and outside she heard a melancholy air of Italy. The organ-player had

Geschichten von fernen Ländern. Er hatte als Schiffsjunge für ein Pfund im Monat auf einem Schiff der Allan-Linie im Kanadadienst angefangen. Er nannte ihr die Namen der Schiffe, auf denen er gewesen war, und die Namen der verschiedenen Linien. Er war durch die Magellan-Straße gefahren, und er erzählte ihr Geschichten über die schrecklichen Patagonier. Er sei in Buenos Aires auf die Füße gefallen, sagte er, und in die alte Heimat sei er nur herübergekommen, um Ferien zu machen. Natürlich hatte ihr Vater von der Affäre Wind bekommen und ihr verboten, irgendetwas mit ihm zu tun zu haben.

– Ich kenne diese Seesäcke, sagte er.

Eines Tages hatte er mit Frank gestritten, und danach mußte sie ihren Geliebten heimlich treffen.

Der Abend wurde dunkler auf der Straße. Das Weiß der beiden Briefe auf ihrem Schoß wurde undeutlich. Der eine war an Harry; der andere an ihren Vater. Ernest war ihr der liebste gewesen, aber auch Harry mochte sie gern. Ihr Vater wurde in letzter Zeit alt, stellte sie fest; er würde sie vermissen. Manchmal konnte er sehr nett sein. Vor noch nicht so langer Zeit, als sie einen Tag lang das Bett hüten mußte, hatte er ihr eine Gespenstergeschichte vorgelesen und am Feuer für sie Toast gemacht. Ein andermal, als ihre Mutter noch am Leben war, hatten sie alle zusammen einen Ausflug zum Hill of Howth gemacht. Sie erinnerte sich, wie ihr Vater sich die Haube ihrer Mutter aufgesetzt hatte, um die Kinder zum Lachen zu bringen.

Ihre Zeit wurde allmählich knapp, aber sie blieb weiter am Fenster sitzen, lehnte den Kopf an den Fenstervorhang und atmete den Geruch von staubigem Kretonne ein. Weit entfernt auf der Straße konnte sie eine Drehorgel hören. Sie kannte die Melodie. Seltsam, daß sie ausgerechnet an diesem Abend zu hören war und sie an das Versprechen erinnerte, das sie ihrer Mutter gegeben hatte, ihr Versprechen, das Elternhaus so lang sie konnte zusammenzuhalten. Sie mußte an die letzte Nacht der Krankheit ihrer Mutter denken; wieder war sie in dem dumpfen dunklen Zimmer auf der anderen Seite des Flurs, und draußen hörte sie eine wehmütige italienische Melodie.

been ordered to go away and given sixpence. She remembered her father strutting back into the sick-room saying:

– Damned Italians! coming over here!

As she mused the pitiful vision of her mother's life laid its spell on the very quick of her being – that life of commonplace sacrifices closing in final craziness. She trembled as she heard again her mother's voice saying constantly with foolish insistence:

– Derevaun Seraun! Derevaun Seraun!

She stood up in a sudden impulse of terror. Escape! She must escape! Frank would save her. He would give her life, perhaps love, too. But she wanted to live. Why should she be unhappy? She had a right to happiness. Frank would take her in his arms, fold her in his arms. He would save her.

She stood among the swaying crowd in the station at the North Wall. He held her hand and she knew that he was speaking to her, saying something about the passage over and over again. The station was full of soldiers with brown baggages. Through the wide doors of the sheds she caught a glimpse of the black mass of the boat, lying in beside the quay wall, with illumined portholes. She answered nothing. She felt her cheek pale and cold and, out of a maze of distress, she prayed to God to direct her, to show her what was her duty. The boat blew a long mournful whistle into the mist. If she went, tomorrow she would be on the sea with Frank, steaming towards Buenos Ayres. Their passage had been booked. Could she still draw back after all he had done for her? Her distress awoke a nausea in her body and she kept moving her lips in silent fervent prayer.

A bell clanged upon her heart. She felt him seize her hand:

– Come!

All the seas of the world tumbled about her heart.

Den Drehorgelmann hatte man aufgefordert, zu verschwinden, und ihm Sixpence gegeben. Sie mußte daran denken, wie ihr Vater zurück ins Krankenzimmer gestelzt war und gesagt hatte:

– Diese verdammten Italiener! hier herüber zu kommen!

Während sie so sann, drang ihr die Vorstellung von dem kläglichen Leben ihrer Mutter wie eine Verwünschung bis ins Mark – dieses Leben aus banalen Opfern, das schließlich im Wahnsinn endete. Sie zitterte, als sie ihre Mutter wieder mit blöder Hartnäckigkeit sagen hörte:

– Derevaun Seraun! Derevaun Seraun!

Von jähem Schrecken gepackt, stand sie auf. Fliehen! Sie mußte fliehen! Frank würde sie retten. Er würde ihr Leben schenken, vielleicht auch Liebe. Aber sie wollte leben. Warum sollte sie unglücklich sein? Sie hatte ein Anrecht auf Glück. Frank würde sie in seine Arme nehmen, sie in seine Arme schließen. Er würde sie retten.

Sie stand in der hin- und herdrängenden Menge auf den Landungsbrücken am North Wall. Er hielt ihre Hand, und sie wußte, daß er auf sie einsprach, daß er immer wieder etwas von der Überfahrt sagte. Die Landungsbrücken waren voller Soldaten mit braunen Gepäckstücken. Durch die weiten Türen der Schuppen erblickte sie ein Stück der schwarzen Masse des Schiffes, das mit erleuchteten Bullaugen an der Kaimauer lag. Sie antwortete nichts. Ihre Wangen fühlten sich bleich und kalt an, und aus einem Labyrinth der Seelennot heraus bat sie Gott, ihr den Weg zu weisen, ihr zu zeigen, was ihre Pflicht war. Die Schiffssirene tönte lange und kummervoll in den Nebel. Wenn sie ginge, wäre sie morgen mit Frank auf dem Meer, unterwegs nach Buenos Aires. Ihrer beider Überfahrt war gebucht. Konnte sie noch zurück nach allem, was er für sie getan hatte? Ihre Seelennot verursachte ihrem Körper Übelkeit, und immerfort bewegte sie die Lippen in stummem inbrünstigen Gebet.

Eine Glocke dröhnte gegen ihr Herz. Sie fühlte, wie er ihre Hand packte:

– Komm!

Alle Wasser der Welt brandeten um ihr Herz. Er zog sie in

He was drawing her into them: he would drown her. She gripped with both hands at the iron railing.

– Come!

No! No! No! It was impossible. Her hands clutched the iron in frenzy. Amid the seas she sent a cry of anguish!

– Eveline! Evvy!

He rushed beyond the barrier and called to her to follow. He was shouted at to go on but he still called to her. She set her white face to him, passive, like a helpless animal. Her eyes gave him no sign of love or farewell or recognition.

sie hinein; er würde sie ertrinken lassen. Sie klammerte sich mit beiden Händen an das Eisengitter.

– Komm!

Nein! Nein! Nein! Es war unmöglich. Wild umklammerten ihre Hände das Eisen. Inmitten der Wasser stieß sie einen Schrei der Qual aus!

– Eveline! Evvy!

Er trat schnell hinter die Absperrung und rief ihr zu, ihm zu folgen. Er wurde angebrüllt, er solle weitergehen, aber immer noch rief er nach ihr. Sie richtete ihr weißes Gesicht auf ihn, passiv, wie ein hilfloses Tier. Ihre Augen gaben ihm kein Zeichen der Liebe oder des Abschieds oder des Erkennens.

The host of heaven and the angel of the Lord had filled the sky with radiance. Now the glory of God was gone and the shepherds and the sheep stood under dim starlight. The men were shaken by the wonders they had seen and heard and, like the animals, they huddled close.

"Let us now," said the eldest of the shepherds, "go even unto Bethlehem, and see this thing which has come to pass, which the Lord hath made known unto us."

The City of David lay beyond a far, high hill, upon the crest of which there danced a star. The men made haste to be away, but as they broke out of the circle there was one called Amos who remained. He dug his crook into the turf and clung to it.

"Come," cried the eldest of the shepherds, but Amos shook his head. They marvelled, and one called out: "It is true. It was an angel. You heard the tidings. A Saviour is born!"

"I heard," said Amos. "I will abide."

The eldest walked back from the road to the little knoll on which Amos stood.

"You do not understand," the old man told him. "We have a sign from God. An Angel commanded us. We go to worship the Saviour, who is even now born in Bethlehem. God has made His will manifest."

"It is not in my heart," replied Amos.

And now the eldest of the shepherds was angry.

"With your own eyes," he cried out, "you have seen the host of heaven in these dark hills. And you heard, for it was like the thunder when 'Glory to God in the highest' came ringing to us out of the night."

And again Amos said: "It is not in my heart."

Another shepherd then broke in. "Because the hills still stand and the sky has not fallen, it is not enough

Die himmlischen Heerscharen und der Engel des Herrn hatten den Himmel erstrahlen lassen. Jetzt war der göttliche Glanz erloschen, und die Hirten und Schafe standen unter trübem Sternenlicht. Die Männer waren erschreckt von den Wundern, die sie gesehen und gehört hatten, und drängten sich, wie ihre Tiere, zusammen.

Der Älteste der Hirten sprach: «Lasset uns nun sogleich nach Bethlehem gehen und die Geschichte sehen, die sich dort zugetragen und die der Herr uns kundgetan hat!»

Die Stadt Davids lag hinter einem fernen, hohen Berg, auf dessen Kamm ein Stern funkelte. Die Männer machten sich eilig auf, doch während sie auseinanderstrebten, blieb einer zurück, der Amos hieß. Er stieß seinen Hirtenstab ins Gras und hielt sich daran fest.

«Komm mit!» rief der Älteste der Hirten, doch Amos schüttelte den Kopf. Die Männer waren verwundert, und einer rief ihm zu: «Es ist die Wahrheit. Es war ein Engel. Du hast die Botschaft gehört. Ein Heiland ist geboren!»

«Ich hab es gehört», sagte Amos, «aber ich bleibe.»

Der Älteste ging von der Straße bis zu dem kleinen Hügel zurück, auf dem Amos stand.

«Du verstehst nicht recht», sagte der alte Mann zu ihm. «Wir haben ein Zeichen von Gott. Ein Engel gab uns den Befehl. Wir gehen, den Heiland anzubeten, der soeben in Bethlehem geboren ist. Gott hat seinen Willen kundgetan.»

«Es ist nicht in meinem Herzen», entgegnete Amos.

Aber nun erboste sich der Älteste der Hirten.

«Mit eigenen Augen», rief er aus, «hast du die himmlischen Heerscharen gesehen, im Dunkeln dieser Berge. Und du hast gehört, wie donnergleich das ‹Ehre sei Gott in der Höhe› zu uns aus der Nacht herniederschallte.»

Doch abermals sagte Amos: «Es ist nicht in meinem Herzen.»

Ein anderer Hirte mischte sich ein: «Da die Berge noch stehen und der Himmel nicht eingestürzt ist, ist Amos nicht

for Amos. He must have something louder than the voice of God."

Amos held more tightly to his crook and answered: "I have need of a whisper."

They laughed at him and said: "What should this voice say in your ear?"

He was silent and they pressed about him and shouted mockingly: "Tell us now. What says the God of Amos, the little shepherd of a hundred sheep?"

Meekness fell away from him. He took his hands from off the crook and raised them high.

"I too am a god," said Amos in a loud, strange voice, "and to my hundred sheep I am a saviour."

And when the din of the angry shepherds about him slackened, Amos pointed to his hundred.

"See my flock," he said. "See the fright of them. The fear of the bright angel and of the voices is still upon them. God is busy in Bethlehem. He has no time for a hundred sheep. They are my sheep. I will abide."

This the others did not take so much amiss, for they saw that there was a terror in all the flocks and they too knew the ways of sheep. And before the shepherds departed on the road to Bethlehem towards the bright star, each talked to Amos and told him what he should do for the care of the several flocks. And yet one or two turned back a moment to taunt Amos, before they reached the dip in the road which led to the City of David. It was said: "We shall see new glories at the throne of God, and you, Amos, you will see sheep."

Amos paid no heed, for he thought to himself: "One shepherd the less will not matter at the throne of God." Nor did he have time to be troubled that he was not to see the Child who was come to save the world. There was much to be done among the flocks and Amos walked between the sheep and made under his tongue a clucking noise, which was a way he had, and to his hundred and to the others it was a sound

zufrieden. Er braucht etwas, das noch lauter ist als die Stimme Gottes.»

Amos klammerte sich noch fester an seinen Stab und antwortete: «Ein Flüstern ist es, was ich brauche.»

Sie lachten ihn aus und fragten: «Was soll die Stimme denn flüstern?»

Er schwieg, sie aber umdrängten ihn und riefen voll Spott: «Sprich! Was sagt der Gott des Amos, des kleinen Hirten mit den hundert Schafen?»

Da verließ ihn die Sanftmut. Er nahm seine Hände von dem Stab und reckte sie in die Höhe.

«Ich selbst bin ein Gott», sprach er mit lauter, seltsamer Stimme, «und ein Heiland für meine hundert Schafe.»

Und als sich der Lärm der erzürnten Hirten um ihn herum legte, deutete Amos auf die Schar seiner Hundert.

«Seht meine Herde!» rief er aus. «Seht das Entsetzen der Tiere! Die Furcht vor dem strahlenden Engel und den Stimmen ist noch immer auf ihnen. Gott hat in Bethlehem zu tun. Er hat keine Zeit für hundert Schafe. Es sind meine Schafe. Ich will bleiben.»

Dies war den anderen gar nicht so unrecht, denn sie sahen, daß alle Herden von Schrecken erfaßt waren, und sie wußten, wie Schafe waren. Und ehe sie nach Bethlehem aufbrachen, dem hellen Stern entgegen, redete ein jeder zu Amos und riet ihm, was er tun solle, um auf mehrere Herden aufzupassen. Bevor sie aber die Senke auf der Straße zu Davids Stadt erreichten, wandten sich einer oder zwei von ihnen um und riefen höhnisch zurück: «Wir werden neue Wunder am Throne Gottes sehen, du aber, Amos, wirst Schafe sehen, nichts als Schafe.»

Amos achtete nicht darauf, denn er dachte bei sich: «Auf einen Hirten mehr oder weniger kommt es am Throne Gottes nicht an.» Er hatte auch keine Zeit sich zu grämen, daß er das Kind nicht sehen sollte, das gekommen war, die Welt zu erlösen. Es gab so viel bei den Herden zu tun, und Amos lief unter den Schafen herum und schnalzte mit der Zunge, wie es seine Art war. Dies klang seinen hundert Schafen und den übrigen süßer und freundlicher in den

more fine and friendly than the voice of the bright angel. Presently the animals ceased to tremble and they began to graze as the sun came up over the hill where the stars had been.

"For sheep," said Amos to himself, "the angels shine too much. A shepherd is better."

With the morning the others came up the road from Bethlehem, and they told Amos of the manger and of the wise men who had mingled there with the shepherds. And they described to him the gifts: gold, frankincense, and myrrh. And when they were done they said: "And did you see wonders here in the field with the sheep?"

Amos told them: "Now my hundred are one hundred and one," and he showed them a lamb which had been born just before the dawn.

"Was there for this a great voice out of heaven?" asked the eldest of the shepherds.

Amos shook his head and smiled, and there was upon his face that which seemed to the shepherds a wonder even in a night of wonders.

"To my heart," he said, "there came a whisper."

Ohren als die Stimme des strahlenden Engels. Sogleich hörten sie auf zu zittern und begannen zu grasen, während die Sonne über dem Hügel emporstieg, wo zuvor die Sterne gewesen waren.

«Für Schafe», sagte Amos zu sich selbst, «sind Engel zu grell. Ein Hirte ist besser.»

Mit dem Morgen kehrten die anderen auf der Straße von Bethlehem zurück und erzählten Amos von der Krippe und den Weisen, die sich dort unter die Hirten gemischt hatten. Und sie beschrieben ihm die Gaben: Gold, Weihrauch und Myrrhe. Und als sie damit fertig waren, fragten sie ihn: «Hast auch du Wunder gesehen, hier auf dem Feld, bei den Schafen?»

Amos erzählte ihnen: «Aus meinen hundert sind hunderteins geworden», und er zeigte ihnen ein Lamm, das kurz vor Tagesanbruch geboren war.

«Hat darum auch eine laute Stimme vom Himmel gesprochen?» fragte der Älteste der Hirten.

Amos schüttelte den Kopf und lächelte. In seinem Gesicht lag etwas, was mitten in einer Nacht der Wunder den Hirten wie ein Wunder erschien.

«In meinem Herzen», sagte er, «war ein Flüstern.»

Lord Strawberry, a nobleman, collected birds. He had the finest aviary in Europe, so large that eagles did not find it uncomfortable, so well laid out that both humming-birds and snow-buntings had a climate that suited them perfectly. But for many years the finest set of apartments remained empty, with just a label saying: "PHŒNIX. *Habitat: Arabia.*"

Many authorities on bird life had assured Lord Strawberry that the phœnix is a fabulous bird, or that the breed was long extinct. Lord Strawberry was unconvinced: his family had always believed in phœnixes. At intervals he received from his agents (together with statements of their expenses) birds which they declared were the phœnix but which turned out to be orioles, macaws, turkey buzzards dyed orange, etc., or stuffed cross-breeds, ingeniously assembled from various plumages. Finally Lord Strawberry went himself to Arabia, where, after some months, he found a phœnix, won its confidence, caught it, and brought it home in perfect condition.

It was a remarkably fine phœnix, with a charming character – affable to the other birds in the aviary and much attached to Lord Strawberry. On its arrival in England it made a great stir among ornithologists, journalists, poets, and milliners, and was constantly visited. But it was not puffed by these attentions, and when it was no longer in the news, and the visits fell off, it showed no pique or rancour. It ate well, and seemed perfectly contented.

It costs a great deal of money to keep up an aviary. When Lord Strawberry died he died penniless. The aviary came on the market. In normal times the rarer birds, and certainly the phœnix, would have been bid for by the trustees of Europe's great zoological societies, or by private persons in the U.S.A.; but as it happened Lord Strawberry died just after a world

Lord Strawberry, ein Sproß aus altem Adel, sammelte Vögel. Er besaß die schönste Volière Europas, so groß, daß sie selbst Adlern nicht unbequem war, und so gut angelegt, daß Kolibris wie Schneeammern ein Klima hatten, das ihnen bestens entsprach. Aber lange Jahre blieb das schönste Abteil darin leer, und nur ein Schild war zu lesen mit der Aufschrift «PHÖNIX, Habitat: Arabien.»

Viele Fachleute aus der Vogelkunde hatten Lord Strawberry versichert, daß der Phönix ein Fabelwesen oder als Rasse längst ausgestorben sei. Lord Strawberry war davon nicht zu überzeugen: seine Familie hatte immer an Phönixe geglaubt. Von Zeit zu Zeit bekam er von seinen Agenten, zusammen mit Spesenbelegen, Vögel zugeschickt, die von ihnen als Phönixe ausgegeben wurden; sie erwiesen sich jedoch als Pirole, Aras, orange eingefärbte Truthahngeier oder gar als ausgestopfte Kreuzungen, die raffiniert aus verschiedenen Gefiedern zusammengestellt waren. Schließlich reiste Lord Strawberry selbst nach Afrika, wo er nach einigen Monaten einen Phönix fand. Er gewann sein Zutrauen, fing ihn ein und brachte ihn in bester Verfassung nach Hause.

Es war ein bemerkenswert schöner Phönix mit einem bezaubernden Wesen – leutselig zu den anderen Vögeln der Volière und Lord Strawberry treu ergeben. Bei seiner Ankunft in England erregte er unter Ornithologen, Journalisten, Dichtern und Modistinnen großes Aufsehen und hatte standigen Zulauf. Doch diese Aufmerksamkeiten machten ihn nicht überheblich, und als er nicht mehr in der Zeitung stand und die Besuche weniger wurden, war er weder beleidigt noch aufgebracht. Er hatte guten Appetit und schien völlig zufrieden.

Die Haltung einer Volière kostet eine Menge Geld. Als Lord Strawberry starb, hinterließ er keinen Penny. Die Volière mußte verkauft werden. In normalen Zeiten hätten die Kuratoren der großen zoologischen Gesellschaften Europas oder Privatpersonen in den USA die selteneren Vögel und ganz sicher den Phönix zu erwerben versucht. So aber starb Lord Strawberry kurz nach einem Weltkrieg, als Geld und Vogelfutter

war, when both money and bird-seed were hard to come by (indeed the cost of bird-seed was one of the things which had ruined Lord Strawberry). The London *Times* urged in a leader that the phœnix be bought for the London Zoo, saying that a nation of bird-lovers had a moral right to own such a rarity; and a fund, called the Strawberry Phœnix Fund, was opened. Students, naturalists, and schoolchildren contributed according to their means; but their means were small, and there were no large donations. So Lord Strawberry's executors (who had the death duties to consider) closed with the higher offer of Mr Tancred Poldero, owner and proprietor of Poldero's Wizard Wonderworld.

For quite a while Mr Poldero considered his phœnix a bargain. It was a civil and obliging bird, and adapted itself readily to its new surroundings. It did not cost much to feed, it did not mind children; and though it had no tricks, Mr Poldero supposed it would soon pick up some.

The publicity of the Strawberry Phœnix Fund was now most helpful. Almost every contributor now saved up another half-crown in order to see the phœnix. Others, who had not contributed to the fund, even paid double to look at it on the five-shilling days.

But then business slackened. The phœnix was as handsome as ever, and as amiable; but, as Mr Poldero said, it hadn't got Udge. Even at popular prices the phœnix was not really popular. It was too quiet, too classical. So people went instead to watch the antics of the baboons, or to admire the crocodile who had eaten the woman.

One day Mr Poldero said to his manager, Mr Ramkin:

"How long since any fool paid to look at the phœnix?"

"Matter of three weeks," replied Mr Ramkin.

schwer aufzutreiben waren (die Kosten für Vogelfutter waren tatsächlich eines der Dinge, die Lord Strawberry an den Bettelstab gebracht hatten). Die Londoner Times machte sich in einem Leitartikel dafür stark, daß der Phönix für den Londoner Zoo angeschafft werden sollte, denn, so hieß es darin, ein Volk von Vogelliebhabern habe ein moralisches Anrecht auf eine solche Rarität. Und so wurde ein Spendenfonds, der Lord-Strawberry-Phönix-Fonds gegründet. Studenten, Naturfreunde und Schulkinder spendeten im Rahmen ihrer Möglichkeiten, aber ihre Mittel waren gering, und große Spenden gab es keine. Daher einigten sich Lord Strawberrys Testamentsvollstrecker, die auch die Erbschaftssteuern zu berücksichtigen hatten, auf das höhere Angebot von Mr Tancred Poldero, dem Eigentümer und Inhaber von «Polderos Märchenwunderland».

Eine ganze Weile hielt Mr Poldero seinen Phönix für ein gutes Geschäft. Es war ein höflicher, zuvorkommender Vogel und paßte sich seiner neuen Umgebung bereitwillig an. Seine Futterkosten waren nicht hoch, und er hatte nichts gegen Kinder; und konnte er auch keine Kunststücke, so vermutete Mr Poldero, daß er sich bald welche aneignen würde. Die Werbung durch den Strawberry-Phönix-Fonds war jetzt sehr nützlich. Fast jeder Spender zweigte jetzt ein weiteres Silberstück ab, um den Phönix zu sehen. Andere, die nichts in den Fonds eingezahlt hatten, berappten sogar das Doppelte, um ihn an den Tagen zu sehen, an denen der Eintritt fünf Schillinge kostete.

Doch dann flaute das Geschäft ab. Der Phönix war hübsch und sympathisch wie immer, aber er hatte, wie Mr Poldero sagte, einfach keinen Pfiff. Auch zu volkstümlichen Preisen wurde der Phönix nicht so richtig volkstümlich. Er war zu still, zu klassisch. Und so kamen die Leute lieber, um den Pavianen bei ihren Possen zuzuschauen oder das Krokodil zu bewundern, das die Frau aufgefressen hatte.

Eines Tages sagte Mr Poldero zu seinem Geschäftsführer, Mr Ramkin:

«Wie lang ist es schon her, seit ein Besucher so dämlich war und den Phönix sehen wollte?»

«So um die drei Wochen», antwortete Mr Ramkin.

"Eating his head off," said Mr Poldero. "Let alone the insurance. Seven shillings a week it costs me to insure that bird, and I might as well insure the Archbishop of Canterbury."

"The public don't like him. He's too quiet for them, that's the trouble. Won't mate nor nothing. And I've tried him with no end of pretty pollies, ospreys, and Cochin-Chinas, and the Lord knows what. But he won't look at them."

"Wonder if we could swap him for a livelier one," said Mr Poldero.

"Impossible. There's only one of him at a time."

"Go on!"

"I mean it. Haven't you ever read what it says on the label?"

They went to the phœnix's cage. It flapped its wings politely, but they paid no attention. They read:

"PANSY. *Phœnix phœnixissima formosissima arabiana*. This rare and fabulous bird is UNIQUE. The World's Old Bachelor. Has no mate and doesn't want one. When old, sets fire to itself and emerges miraculously reborn. Specially imported from the East."

"I've got an idea," said Mr Poldero. "How old do you suppose that bird is?"

"Looks in its prime to me," said Mr Ramkin.

"Suppose," continued Mr Poldero, "we could somehow get him alight? We'd advertise it beforehand, of course, work up interest. Then we'd have a new bird, and a bird with some romance about it, a bird with a life-story. We could sell a bird like that."

Mr Ramkin nodded.

"I've read about it in a book," he said. "You've got to give them scented woods and what not, and they build a nest and sit down on it and catch fire spontaneous. But they won't do it till they're old. That's the snag."

«Frißt sich toll und voll», sagte Mr Poldero. «Ganz zu schweigen von der Versicherung. Sieben Schillinge pro Woche kostet es mich, diesen Vogel zu versichern – ich könnte genauso gut den Erzbischof von Canterbury versichern.»

«Das Publikum schätzt ihn nicht. Er ist den Leuten zu brav, daran liegt es. Will sich durchaus nicht paaren. Ich hab's ihm schmackhaft gemacht mit jeder Menge hübscher Papagei- und Fischadlerweibchen, mit den exotischsten Hühnern und weiß Gott noch was. Aber er würdigt sie keines Blickes.»

«Könnte man ihn nicht vielleicht gegen einen lebhafteren umtauschen?» fragte Mr Poldero.

«Unmöglich. Es gibt immer nur einen davon.»

«Jetzt machen Sie einen Punkt!»

«Wieso? Ich meine es ernst. Haben Sie nie gelesen, was auf dem Schild steht?»

Sie gingen zum Käfig des Phönix hinüber. Er schlug höflich mit seinen Flügeln, aber sie achteten nicht darauf. Sie lasen:

«PANSY. Phoenix phoenixissima formosissima arabiana. Dieser seltene, sagenumwobene Vogel ist einzigartig. Er ist der Ahnherr aller Junggesellen. Er hat kein Weibchen und braucht auch keines. Wenn er alt ist, setzt er sich selbst in Brand und wird wie durch ein Wunder neu geboren. Eigens aus dem Orient importiert.»

«Ich hab 'ne Idee», sagte Mr Poldero. «Wie alt schätzen Sie den Vogel?»

«Für mich ist er im besten Alter», antwortete Mr Ramkin.

«Nehmen wir mal an», fuhr Mr Poldero fort, «wir könnten ihn irgendwie zum Brennen bringen. Wir würden natürlich zuvor Reklame machen und die Leute in Stimmung bringen. Dann hätten wir einen neuen Vogel, einen Vogel mit einem Schuß Romantik, einen Vogel mit einer interessanten Lebensgeschichte. Ein solcher Vogel wäre ein Kassenschlager.»

Mr Ramkin nickte.

«Ich habe in einem Buch darüber gelesen», sagte er. «Man muß ihnen aromatische Holzspäne und weiß der Kuckuck was geben, dann bauen sie sich ein Nest, setzen sich darauf und fangen automatisch Feuer. Aber sie tun es erst, wenn sie alt sind. Das ist der Haken.»

"Leave that to me," said Mr Poldero. "You get those scented woods, and I'll do the ageing."

It was not easy to age the phœnix. Its allowance of food was halved, and halved again, but though it grew thinner its eyes were undimmed and its plumage glossy as ever. The heating was turned off; but it puffed out its feathers against the cold, and seemed none the worse. Other birds were put into its cage, birds of a peevish and quarrelsome nature. They pecked and chivied it; but the phœnix was so civil and amiable that after a day or two they lost their animosity. Then Mr Poldero tried alley cats. These could not be won by manners, but the phœnix darted above their heads and flapped its golden wings in their faces, and daunted them.

Mr Poldero turned to a book on Arabia, and read that the climate was dry. "Aha!" said he. The phœnix was moved to a small cage that had a sprinkler in the ceiling. Every night the sprinkler was turned on. The phœnix began to cough. Mr Poldero had another good idea. Daily he stationed himself in front of the cage to jeer at the bird and abuse it.

When spring was come, Mr Poldero felt justified in beginning a publicity campaign about the ageing phœnix. The old public favourite, he said, was nearing its end. Meanwhile he tested the bird's reactions every few days by putting a few tufts of foul-smelling straw and some strands of rusty barbed wire into the cage, to see if it were interested in nesting yet. One day the phœnix began turning over the straw. Mr Poldero signed a contract for the film rights. At last the hour seemed ripe. It was a fine Saturday evening in May. For some weeks the public interest in the ageing phœnix had been working up, and the admission charge had risen to five shillings. The enclosure was thronged. The lights and the cameras were trained on the cage, and a loud-speaker proclaimed to the audience the rarity of what was about to take place.

«Überlassen Sie das mir!» sagte Mr Poldero. «Sie besorgen das aromatische Holz, und ich mache das mit dem Alter.»

Es war nicht leicht, den Phönix alt zu machen. Seine Futterration wurde halbiert und nochmal halbiert, doch wenn er auch abmagerte, seine Augen blieben klar und seine Federn glänzten wie immer. Die Heizung wurde abgeschaltet; aber er blähte sein Gefieder gegen die Kälte und schien unangefochten. Andere Vögel wurden in seinen Käfig gesteckt, die von Natur aus übellaunig und streitsüchtig waren. Sie pickten nach ihm und quälten ihn; aber der Phönix war so höflich und freundlich, daß sie nach ein bis zwei Tagen ihre Feindschaft begruben. Darauf versuchte es Mr Poldero mit streunenden Katzen. Die ließen sich nicht mit Manieren gewinnen, aber der Phönix flatterte über ihre Köpfe hinweg und schlug ihnen seine goldenen Flügel ins Gesicht, was sie einschüchterte.

Mr Poldero wurde auf ein Buch über Arabien aufmerksam und las, daß das dortige Klima trocken sei. «Aha!» sagte er. Der Phönix wurde in einen kleinen Käfig verlegt, der einen Sprinkler an der Decke hatte. Jeden Abend wurde die Berieselung in Gang gesetzt. Der Phönix begann zu husten. Und noch einen guten Einfall hatte Mr Poldero: er postierte sich täglich vor den Käfig, um den Vogel zu verhöhnen und zu beschimpfen.

Als es Frühling wurde, hielt es Mr Poldero für angebracht, für den alternden Phönix die Werbetrommel zu rühren. Der alte Publikumsliebling, sagte er, gehe seinem Ende entgegen. Zwischendurch erprobte er alle paar Tage die Reaktionen des Vogels, indem er einige Büschel faulig riechenden Strohes und ein paar rostige Stacheldrahtschlingen in seinen Käfig warf, um zu sehen, ob er schon Nistbereitschaft zeige. Eines Tages begann der Phönix, das Stroh umzuwenden. Mr Poldero schloß einen Vertrag um die Filmrechte ab. Endlich schien die Stunde gekommen. Es war an einem schönen Samstagabend im Mai. Seit einigen Wochen hatte sich das öffentliche Interesse an dem alternden Phönix verstärkt, und der Eintrittspreis war auf fünf Schillinge gestiegen. Die Umzäunung war von Menschenmassen umlagert. Die Scheinwerfer und Filmkameras waren auf den Käfig gerichtet, und ein Lautsprecher verkündete dem Publikum die Seltenheit des bevorstehenden Ereignisses.

"The phœnix," said the loud-speaker, "is the aristocrat of bird-life. Only the rarest and most expensive specimens of oriental wood, drenched in exotic perfumes, will tempt him to construct his strange love-nest."

Now a neat assortment of twigs and shavings, strongly scented, was shoved into the cage.

"The phœnix," the loud-speaker continued, "is as capricious as Cleopatra, as luxurious as la du Barry, as heady as a strain of wild gypsy music. All the fantastic pomp and passion of the ancient East, its languorous magic, its subtle cruelties . . ."

"Lawks!" cried a woman in the crowd. "He's at it!"

A quiver stirred the dulled plumage. The phœnix turned its head from side to side. It descended, staggering, from its perch. Then wearily it began to pull about the twigs and shavings.

The cameras clicked, the lights blazed full on the cage. Rushing to the loud-speaker Mr Poldero exclaimed:

"Ladies and gentlemen, this is the thrilling moment the world has breathlessly awaited. The legend of centuries is materializing before our modern eyes. The phœnix . . ."

The phœnix settled on its pyre and appeared to fall asleep.

The film director said:

"Well, if it doesn't evaluate more than this, mark it instructional."

At that moment the phœnix and the pyre burst into flames. The flames streamed upwards, leaped out on every side. In a minute or two everything was burned to ashes, and some thousand people, including Mr Poldero, perished in the blaze.

«Der Phönix», tönte es, «ist der König unter den Vögeln. Nur die seltensten und teuersten Hölzer aus dem Orient, getränkt mit exotischen Wohlgerüchen, können ihn verlocken, sein seltsames Liebesnest zu bauen.»

Nun wurde eine gefällig zusammengestellte Mischung aus stark parfümierten Zweigen und Spänen in den Käfig geschoben.

«Der Phönix», fuhr der Lautsprecher fort, «ist so launenhaft wie Kleopatra, so verschwenderisch wie die Dubarry, so berauschend wie wilde Zigeunermusik. Alles, was der alte Orient an Luxus und Leidenschaft zu bieten hat, sein sinnbetörender Zauber, seine ausgeklügelten Grausamkeiten...»

«Pst!» machte eine Frau in der Menge. «Es geht los!»

Ein Beben durchfuhr das glanzlos gewordene Gefieder. Der Phönix drehte den Kopf hin und her. Er flog taumelnd von seiner Sitzstange herunter. Dann begann er, matt an den Zweigen und Spänen herumzuzerren.

Die Kameras klickten, die Scheinwerfer tauchten den Käfig in blendendes Licht. Mr Poldero stürzte ans Mikrophon und rief aus:

«Meine Damen und Herren, dies ist der erregende Augenblick, auf den die Welt atemlos gewartet hat. Die uralte Sage wird vor uns modernen Menschen Wirklichkeit. Der Phönix...»

Der Phönix hockte sich auf seinen Scheiterhaufen und machte Miene einzuschlafen.

Der Filmregisseur sagte:

«Na ja, wenn sich nicht mehr tut – für einen Schulfilm reicht's immer noch!»

In diesem Augenblick gingen der Phönix und der Scheiterhaufen in Flammen auf. Das Feuer loderte empor und griff nach allen Seiten um sich. Es dauerte keine zwei Minuten, und alles verbrannte zu Asche. Rund tausend Menschen, darunter Mr Poldero, kamen in den Flammen um.

An old man with steel rimmed spectacles and very dusty clothes sat by the side of the road. There was a pontoon bridge across the river and carts, trucks, and men, women and children were crossing it. The mule-drawn carts staggered up the steep bank from the bridge with soldiers helping push against the spokes of the wheels. The trucks ground up and away heading out of it all and the peasants plodded along in the ankle deep dust. But the old man sat there ithout moving. He was too tired to go any farther.

It was my business to cross the bridge, explore the bridgehead beyond and find out to what point the enemy had advanced. I did this and returned over the bridge. There were not so many carts now and very few people on foot, but the old man was still there.

"Where do you come from?" I asked him.

"From San Carlos," he said, and smiled.

That was his native town and so it gave him pleasure to mention it and he smiled.

"I was taking care of animals," he explained.

"Oh," I said, not quite understanding.

"Yes," he said, "I stayed, you see, taking care of animals. I was the last one to leave the town of San Carlos."

He did not look like a shepherd nor a herdsman and I looked at his black dusty clothes and his grey dusty face and his steel rimmed spectacles and said, "What animals were they?"

"Various animals," he said, and shook his head. "I had to leave them."

I was watching the bridge and the African looking country of the Ebro Delta and wondering how long now it would be before we would see the enemy, and listening all the while for the first noises that would signal that ever mysterious event called contact, and the old man still sat there.

Ein alter Mann mit einer stahlgeränderten Brille und sehr staubigen Kleidern saß am Straßenrand. Über den Fluß führte eine Pontonbrücke, Karren, Lastautos, Männer, Frauen und Kinder überquerten sie. Die von Maultieren gezogenen Karren schwankten die steile Uferböschung hinter der Brücke hinauf, Soldaten halfen und stemmten sich in die Speichen der Räder. Die Lastautos arbeiteten schwer, um aus alldem herauszukommen, und die Bauern stapften in dem knöcheltiefen Staub einher. Aber der alte Mann saß da, ohne sich zu bewegen. Er war zu müde, um noch weiter zu gehen.

Ich hatte den Auftrag, die Brücke zu überqueren, den Brückenkopf auf der anderen Seite auszukundschaften und ausfindig zu machen, bis zu welchem Punkt der Feind vorgedrungen war. Ich tat das und kehrte über die Brücke zurück. Jetzt waren dort nicht mehr so viele Karren und nur noch wenige Leute zu Fuß, aber der alte Mann war immer noch da.

«Wo kommen Sie her?» fragte ich ihn.

«Aus San Carlos», sagte er und lächelte.

Es war sein Heimatort, und darum machte es ihm Freude, ihn zu erwähnen, und er lächelte.

«Ich habe Tiere gehütet», erklärte er.

«So», sagte ich und verstand nicht ganz.

«Ja», sagte er, «wissen Sie, ich blieb, um die Tiere zu hüten. Ich war der letzte, der die Stadt San Carlos verlassen hat.»

Er sah weder wie ein Schäfer noch wie ein Rinderhirt aus, und ich musterte seine staubigen schwarzen Sachen und sein graues, staubiges Gesicht und seine stahlgeränderte Brille und sagte: «Was für Tiere waren es denn?»

«Allerhand Tiere», erklärte er und schüttelte den Kopf. «Ich mußte sie dalassen.»

Ich beobachtete die Brücke und das afrikanisch aussehende Land des Ebro-Deltas, fragte mich, wie lange es jetzt wohl noch dauern würde, bevor wir den Feind sähen, horchte die ganze Zeit über auf die ersten Geräusche, die das immer wieder geheimnisvolle Ereignis ankündigen, das man ‹Feindberührung› nennt – und der alte Mann saß immer noch da.

"What animals were they?" I asked.

"There were three animals altogether," he explained. "There were two goats and a cat and then there were four pairs of pigeons."

"And you had to leave them?" I asked.

"Yes. Because of the artillery. The captain told me to go because of the artillery."

"And you have no family?" I asked, watching the far end of the bridge where a few last carts were hurrying down the slope of the bank.

"No," he said, "only the animals I stated. The cat, of course, will be all right. A cat can look out for itself, but I cannot think what will become of the others."

"What politics have you?" I asked.

"I am without politics," he said. "I am seventy-six years old. I have come twelve kilometres now and I think now I can go no farther."

"This is not a good place to stop," I said. "If you can make it, there are trucks up the road where it forks for Tortosa."

"I will wait a while," he said, "and then I will go. Where do the trucks go?"

"Towards Barcelona," I told him.

"I know of no one in that direction," he said, "but thank you very much. Thank you again very much."

He looked at me very blankly and tiredly, then said, having to share his worry with someone, "The cat will be all right, I am sure. There is no need to be unquiet about the cat. But the others. Now what do you think about the others?"

"Why, they'll probably come through it all right."

"You think so?"

"Why not?" I said, watching the far bank where now there were no carts.

"But what will they do under the artillery when I was told to leave because of the artillery?"

"Did you leave the dove cage unlocked?" I asked.

«Was für Tiere waren es?» fragte ich.

«Es waren im ganzen drei Tiere», erklärte er. «Es waren zwei Ziegen und eine Katze und dann noch vier Paar Tauben.»

«Und Sie mußten sie dalassen?» fragte ich.

«Ja, wegen der Artillerie. Der Hauptmann befahl mir fortzugehen, wegen der Artillerie.»

«Und Sie haben keine Familie?» fragte ich und beobachtete das jenseitige Ende der Brücke, wo ein paar letzte Karren die Uferböschung herunterjagten.

«Nein», sagte er, «nur die Tiere, die ich genannt habe. Der Katze wird natürlich nichts passieren. Eine Katze kann für sich selbst sorgen, aber ich kann mir nicht vorstellen, was aus den andern werden soll.»

«Wo stehen Sie politisch?» fragte ich.

«Ich bin nicht politisch», sagte er. «Ich bin 76 Jahre alt. Ich bin jetzt zwölf Kilometer gegangen, und ich glaube, daß ich jetzt nicht weiter gehen kann.»

«Dies ist kein guter Platz zum Bleiben», sagte ich. «Falls Sie es schaffen könnten, dort oben, wo die Straße nach Tortosa abzweigt, sind Lastwagen.»

«Ich will ein bißchen warten», sagte er, «und dann werde ich gehen. Wo fahren die Lastwagen hin?»

«Richtung Barcelona», sagte ich ihm.

«Ich kenne niemand in der Richtung», sagte er, «aber danke sehr. Nochmals sehr schönen Dank.»

Er blickte mich ganz ausdruckslos und müde an, dann sagte er, da er seine Sorgen mit jemandem teilen mußte: «Der Katze wird nichts passieren, das weiß ich; man braucht sich wegen der Katze keine Gedanken zu machen. Aber die andern; was glauben Sie wohl von den andern?»

«Ach, wahrscheinlich werden sie heil durch alles durchkommen.»

«Glauben Sie?»

«Warum nicht?» sagte ich und beobachtete das jenseitige Ufer, wo jetzt keine Karren mehr waren.

«Aber was werden sie unter der Artillerie tun, wo man mich wegen der Artillerie fortgeschickt hat?»

«Haben Sie den Taubenkäfig offen gelassen?» fragte ich.

"Yes."

"Then they'll fly."

"Yes, certainly they'll fly. But the others. It's better not to think about the others," he said.

"If you are rested I would go," I urged. "Get up and try to walk now.

"Thank you," he said and got to his feet, swayed from side to side and then sat down backwards in the dust.

"I was only taking care of animals," he said dully, but no longer to me. "I was only taking care of animals."

There was nothing to do about him. It was Easter Sunday and the Fascists were advancing toward the Ebro. It was a grey overcast day with a low ceiling so their planes were not up. That and the fact that cats know how to look after themselves was all the good luck that old man would ever have.

«Ja.»

«Dann werden sie wegfliegen.»

«Ja, gewiß werden sie wegfliegen. Aber die andern? Es ist besser, man denkt nicht an die andern», sagte er.

«Wenn Sie sich ausgeruht haben, sollten Sie gehen», drängte ich. «Stehen Sie auf, und versuchen Sie jetzt einmal zu gehen.»

«Danke», sagte er und stand auf, schwankte hin und her und setzte sich dann rücklings in den Staub.

«Ich habe mich bloß um Tiere gekümmert», sagte er eintönig, aber nicht mehr zu mir. «Ich habe mich bloß um Tiere gekümmert.»

Man konnte nichts mit ihm machen. Es war Ostersonntag, und die Faschisten rückten gegen den Ebro vor. Es war ein grauer, bedeckter Tag mit tiefhängenden Wolken, darum waren ihre Flugzeuge nicht am Himmel. Das und die Tatsache, daß Katzen für sich selbst sorgen können, war alles an Glück, was der alte Mann noch haben würde.

On the outskirts of a little town upon a rise of land that swept back from the railway there was a tidy little cottage of white boards, trimmed vididly with green blinds. To one side of the house there was a garden neatly patterned with plots of growing vegetables, and an arbor for the grapes which ripened late in August. Before the house there were three mighty oaks which sheltered it in their clean and massive shade in summer, and to the other side there was a border of gay flowers. The whole place had an air of tidiness, thrift, and modest comfort.

Every day, a few minutes after two o'clock in the afternoon, the limited express between two cities passed this spot. At that moment the great train, having halted for a breathing-space at the town near by, was beginning to lengthen evenly into its stroke, but it had not yet reached the full drive of its terrific speed. It swung into view deliberately, swept past with a powerful swaying motion of the engine, a low smooth rumble of its heavy cars upon pressed steel, and then it vanished in the cut. For a moment the progress of the engine could be marked by heavy bellowing puffs of smoke that burst at spaced intervals above the edges of the meadow grass, and finally nothing could be heard but the solid clacking tempo of the wheels receding into the drowsy stillness of the afternoon.

Every day for more than twenty years, as the train had approached this house, the engineer had blown on the whistle, and every day, as soon as she heard this signal, a woman had appeared on the back porch of the little house and waved to him. At first she had a small child clinging to her skirts, and now this child had grown to full womanhood, and every day she, too, came with her mother to the porch and waved.

The engineer had grown old and gray in service.

Am Rand einer kleinen Stadt, auf der Anhöhe, die sich von der
Bahnlinie aus emporschwang, stand ein schmuckes Häuschen,
das aus weiß gestrichenen Brettern erbaut und mit grünen
Fensterläden lustig verziert war. Auf einer Seite des Hauses
war ein Garten, der säuberlich in Gemüsebeete unterteilt war,
mit einer Weinlaube, deren Trauben Ende August reif wurden. Vor dem Haus erhoben sich drei mächtige Eichen, die es
im Sommer mit ihrem dichten und tiefen Schatten beschirm-
ten, und auf der anderen Seite wurde es von einer Rabatte
bunter Blumen gesäumt. Das Ganze erweckte den Eindruck
von Ordnung, Sparsamkeit und bescheidener Behaglichkeit.

Jeden Tag, ein paar Minuten nach zwei Uhr nachmittags,
fuhr der Städteexpress, ein beschleunigter Personenzug, hier
vorüber. An dieser Stelle kam der große Zug, der in der
nahegelegenen Station eine Schnaufpause eingelegt hatte,
eben erst richtig in Fahrt, hatte aber noch nicht die volle
Höhe seines ungeheuren Tempos erreicht. Er kam gemächlich
in Sicht, brauste dann mit einem mächtigen Stampfen und
Stoßen der Lokomotive und dem leisen, glatten Rollen seiner
schweren Waggons auf blankem Stahl vorbei und verschwand
endlich in einem Einschnitt. Einen Augenblick konnte man
den weiteren Weg der Lokomotive an dichten, stoßweise
qualmenden Rauchwolken verfolgen, die in gleichmäßigen
Abständen über der begrasten Böschung emporquollen, und
schließlich war nichts mehr zu hören als der harte Takt-
schlag der Räder, wie er in der schläfrigen Stille des
Nachmittags verhallte.

Jeden Tag, seit über zwanzig Jahren, ließ der Lokführer,
wenn sich der Zug diesem Haus näherte, die Pfeife ertönen,
und jeden Tag erschien auf diesen Ton hin eine Frau auf der
hinteren Veranda des Häuschens und winkte ihm zu. Anfangs
hatte sie ein kleines Kind dabei, das sich an ihre Röcke klammerte, aber dann war dieses Kind zur Frau erblüht und trat nun
auch jeden Tag, an der Seite der Mutter, auf die Veranda, um
zu winken.

Der Lokführer war im Dienst alt und grau geworden. Er

He had driven his great train, loaded with its weight of lives, across the land ten thousand times. His own children had grown up and married, and four times he had seen before him on the tracks the ghastly dot of tragedy converging like a cannon ball to its eclipse of horror at the boiler head – a light spring wagon filled with children, with its clustered row of small stunned faces; a cheap automobile stalled upon the tracks, set with the wooden figures of people paralyzed with fear; a battered hobo walking by the rail, too deaf and old to hear the whistle's warning; and a form flung past his window with a scream – all this the man had seen and known. He had known all the grief, the joy, the peril and the labor such a man could know; he had grown seamed and weathered in his loyal service, and now, schooled by the qualities of faith and courage and humbleness that attended his labor, he had grown old, and had the grandeur and the wisdom these men have.

But no matter what peril or tragedy he had known, the vision of the little house and the women waving to him with a brave free motion of the arm had become fixed in the mind of the engineer as something beautiful and enduring, something beyond all change and ruin, and something that would always be the same, no matter what mishap, grief or error might break the iron schedule of his days.

The sight of the little house and of these two women gave him the most extraordinary happiness he had ever known. He had seen them in a thousand lights, a hundred weathers. He had seen them through the harsh bare light of wintry gray across the brown and frosted stubble of the earth, and he had seen them again in the green luring sorcery of April.

He felt for them and for the little house in which they lived such tenderness as a man might feel for his own children, and at length the picture of their lives

hatte den großen Zug mit seiner Fracht von Menschenleben zehntausendmal über Land gefahren. Seine eigenen Kinder waren herangewachsen und hatten geheiratet, und viermal hatte er vor sich auf den Schienen jenes gespenstisch nahende Unheil gesehen, das wie ein Geschoß herangeflogen kommt, um vorn am Kessel grausig zu zerschellen – ein Wägelchen voller Kinder, aus dem, dicht gereiht, kleine erstarrte Gesichter blickten; ein billiges Auto, dessen Motor auf dem Gleis ausgesetzt hatte und in dem die reglosen Körper schreckgelähmter Menschen saßen; ein heruntergekommener Landstreicher, der auf dem Gleis wanderte und zu taub und alt war, um das Pfeifsignal zu hören; und eine Gestalt, die mit einem gellenden Schrei an seinem Fenster vorüberflog – all dies hatte der Mann gesehen und erlebt. Er hatte alle Trauer, Freude, Fährnis und Mühe kennengelernt, die ein Mann wie er erfahren kann. All die Jahre treuen Dienstes hatten sein Gesicht zerfurcht und gegerbt, und, geprägt von den Eigenschaften Redlichkeit, Tapferkeit und Bescheidenheit, die seine Arbeit begleiteten, war er nun alt geworden und besaß die Größe und Weisheit, die solche Männer besitzen.

Doch was er auch immer an Gefahr oder Unheil erlebt hatte, das Bild des Häuschens und die offene, freie Gebärde der ihm zuwinkenden Frauen haftete in seiner Seele als etwas Schönes und Bleibendes, etwas jedem Wechsel und Verfall Enthobenes, etwas, was immer dasselbe sein würde, gleich welches Unglück, Leid oder Versagen den eisernen Zeitplan seines Dienstes sprengen möchte.

Der Anblick des Häuschens und dieser beiden Frauen erfüllte ihn mit dem größten Glücksgefühl, das er jemals gekannt hatte. Er hatte sie in tausenderlei Beleuchtung, in hunderterlei Wetter gesehen

                  – im kalten Dämmerlicht grauer Wintertage, wenn die Erde braun und stoppelig im Frost erstarrt, und dann wieder in der berückend grünenden Zauberpracht des April.

Er empfand für die beiden Frauen und für das kleine Haus, in dem sie wohnten, eine solche Zärtlichkeit, wie sie ein Mann für seine eigenen Kinder empfinden kann. Schließlich war die

was carved so sharply in his heart that he felt that he knew their lives completely, to every hour and moment of the day, and he resolved that one day, when his years of service should be ended, he would go and find these people and speak at last with them whose lives had been so wrought into his own.

That day came. At last the engineer stepped from a train onto the station platform of the town where these two women lived. His years upon the rail had ended. He was a pensioned servant of his company, with no more work to do. The engineer walked slowly through the station and out into the streets of the town. Everything was as strange to him as if he had never seen this town before. As he walked on, his sense of bewilderment and confusion grew. Could this be the town he had passed ten thousand times? Were these the same houses he had seen so often from the high windows of his cab? It was all as unfamiliar, as disquieting as a city in a dream, and the perplexity of his spirits increased as he went on.

Presently the houses thinned into the straggling outposts of the town, and the street faded into a country road – the one on which the women lived. And the man plodded on slowly in the heat and dust. At length he stood before the house he sought. He knew at once that he had found the proper place. He saw the lordly oaks before the house, the flower beds, the garden and the arbor, and farther off, the glint of rails.

Yes, this was the house he sought, the place he had passed so many times, the destination he had longed for with such happiness. But now that he had found it, now that he was here, why did his hand falter on the gate; why had the town, the road, the earth, the very entrance to this place he loved turned unfamiliar as the landscape of some ugly dreams? Why did he now feel this sense of confusion, doubt, and hopelessness?

Vorstellung von ihrem Leben so tief in sein Herz gemeißelt, daß er jede Stunde und Minute ihres Tageslaufes genau zu kennen glaubte, und er nahm sich vor, irgendwann einmal, wenn seine Dienstjahre zu Ende wären, diese Menschen, deren Leben so eng mit dem seinen verflochten war, endlich aufzusuchen und zu sprechen.

Dieser Tag kam. Endlich war es so weit, daß der Lokführer aus einem Zug stieg und auf den Bahnsteig des Städtchens trat, in dem die beiden Frauen wohnten. Seine Jahre auf den Schienen waren zu Ende. Er bekam von seiner Gesellschaft eine Pension und hatte nichts mehr zu tun. Der Lokführer ging langsam durch den Bahnhof hindurch und in die Straßen der Stadt hinaus. Alles war ihm so fremd, als hätte er den Ort noch nie gesehen. Während er dahinschritt, wurde seine Verwunderung und Verwirrung immer größer. Sollte dies die Stadt sein, an der er zehntausendmal vorübergefahren war? Waren dies die gleichen Häuser, die er so oft von den hochgelegenen Fenstern seines Führerstandes aus gesehen hatte? Es war alles so ungewohnt, so beunruhigend wie eine Großstadt im Traum, und seine Betroffenheit wuchs mit jedem Schritt.

Bald wurde die Bebauung spärlicher, bis zu den einzelnen Vorposten der Stadt, und er kam auf eine Landstraße; es war die Straße, in der die Frauen wohnten. Und weiter stapfte er langsam durch Hitze und Staub.

Endlich stand er vor dem Haus, das er suchte. Er wußte sogleich, daß er das richtige gefunden hatte. Er sah die prächtigen Eichen davor, die Blumenbeete, den Garten mit der Weinlaube und – in einiger Entfernung – die blinkenden Schienen.

Ja, dies war das Haus, das er suchte, der Ort, an dem er so oft vorbeigefahren war, das Ziel, nach dem er sich so froh gesehnt hatte. Doch jetzt, da er es gefunden hatte, da er endlich hier war, warum zögerte jetzt seine Hand an der Pforte, warum waren die Stadt, die Straße, der Erdboden, ja sogar noch der Zugang zu diesem Ort, den er liebte, fremd geworden wie die Landschaft in einem wüsten Traum? Warum hatte er jetzt dieses Gefühl von Verwirrung, Zweifel und Hoffnungslosigkeit?

At length he entered by the gate, walked slowly up the path and in a moment more had mounted three short steps that led up to the porch, and was knocking at the door. Presently he heard steps in the hall, the door was opened, and a woman stood facing him.

And instantly, with a sense of bitter loss and grief, he was sorry he had come. He knew at once that the woman who stood there looking at him with a mistrustful eye was the same woman who had waved to him so many thousand times. But her face was harsh and pinched and meager; the flesh sagged wearily in sallow folds, and the small eyes peered at him with timid suspicion and uneasy doubt. All the brave freedom, the warmth and the affection that he had read into her gesture, vanished in the moment that he saw her and heard her unfriendly tongue.

And now his own voice sounded unreal and ghastly to him as he tried to explain his presence, to tell her who he was and the reason he had come.

But he faltered on, fighting stubbornly against the horror of regret, confusion, disbelief that surged up in his spirit, drowning all his former joy and making his act of hope and tenderness shameful to him.

At length the woman invited him almost unwillingly into the house, and called her daughter in a harsh shrill voice. Then, for a brief agony of time, the man sat in an ugly little parlor, and he tried to talk while the two women stared at him with a dull, bewildered hostility, a sullen, timorous restraint.

And finally, stammering a crude farewell, he departed. He walked away down the path and then along the road toward town, and suddenly he knew that he was an old man. His heart, which had been brave and confident when it looked along the familiar vista of the rails, was now sick with doubt and horror as it saw the strange and unsuspected visage of an earth which had always been within a stone's throw

Schließlich ging er durch die Gartenpforte hindurch und langsam den Fußweg hinauf. Im Nu hatte er die drei kleinen Stufen zur Veranda erstiegen und klopfte an die Tür. Gleich darauf hörte er Tritte im Flur, die Tür ging auf, und vor ihm stand eine Frau.

Sofort empfand er bitter einen schmerzlichen Verlust, und er bereute, daß er gekommen war. Er wußte sofort, daß die Frau, die hier stand und ihn mit einem lauernden Blick musterte, dieselbe Frau war, die ihm tausendmal zugewinkt hatte. Aber ihr Gesicht war grob, verhärmt und mager, das Fleisch hing müde in fahlen Falten, und die kleinen Augen spähten nach ihm mit scheuem Argwohn und bohrendem Zweifel. Alles Offene und Freie, Warme und Herzliche, das er in ihre Gebärde hineingelesen hatte, verschwand in dem Augenblick, als er sie sah und ihren unfreundlichen Ton hörte.

Und jetzt klang ihm seine eigene Stimme unwirklich und geisterhaft im Ohr, während er versuchte, seinen Besuch zu erklären, ihr zu sagen, wer er war und warum er hergekommen war. Seine Rede stockte, aber er sprach weiter, sich verbissen wehrend gegen den Schock des Bereuens, der Verwirrung und des Nicht-glauben-wollens, der in ihm aufwallte, all seine einstige Freude erstickte und ihn über seine Tat der Hoffnung und Zärtlichkeit mit Scham erfüllte.

Endlich bat ihn die Frau fast widerwillig herein und rief mit rauher, schriller Stimme ihrer Tochter. Dann saß der Mann eine kurze Weile, die ihm wie eine Ewigkeit erschien, in einem häßlichen kleinen Salon und rang nach Worten, während ihn die beiden Frauen mit dumpfer, verworrener Feindseligkeit, mit muffig mißtrauischer Zurückhaltung anstarrten.

Zu guter Letzt stammelte er ein unbeholfenes Lebewohl und brach auf. Als er den Fußweg hinab und dann auf der Straße zur Stadt zurückging, wußte er plötzlich, daß er ein alter Mann war. Sein Herz, das tapfer und zuversichtlich gewesen war, wenn es die vertrauten Schienen entlang blickte, war jetzt krank von Zweifel und Angst, als es das fremde und unerwartete Antlitz einer Welt sah, die immer nur einen Steinwurf von ihm entfernt gewesen war und die er doch nie gesehen oder

of him, and which he had never seen or known. And he knew that all the magic of that bright lost way, the vista of that shining line, the imagined corner of that small good universe of hope's desire, was gone forever, could never be got back again.

gekannt hatte. Und er wußte, daß all der Zauber jener hellen, nun hinter ihm liegenden Spur, das Traumbild jenes blinkenden Bandes, der Wahn von der Nische einer kleinen heilen Welt, nach der die Hoffnung Ausschau hält, für immer verschwunden waren und nie mehr wiederkommen würden.

It had been noisy and crowded at the Milligans' and Mrs Bishop had eaten too many little sandwiches and too many iced cakes, so that now, out in the street, the air felt good to her, even if it was damp and cold. At the entrance of the apartment house, she took out her change purse and looked through it and found that by counting the pennies, too, she had just eighty-seven cents, which wasn't enough for a taxi from Tenth Street to Seventy-Third. It was horrid never having enough money in your purse, she thought. Playing bridge, when she lost, she often had to give I.O.U.'s and it was faintly embarrassing, although she always managed to make them good. She resented Lila Hardy who could say, "Can anyone change a ten?" and who could take ten dollars from her smart bag while the others scurried for change.

She decided it was too late to take a bus and that she might as well walk over to the subway, although the air down there would probably make her head ache. It was drizzling a little and the sidewalks were wet. And as she stood on the corner waiting for the traffic lights to change, she felt horribly sorry for herself. She remembered as a young girl, she had always assumed she would have lots of money when she was older. She had planned what to do with it – what clothes to buy and what upholstery she would have in her car. It was absurd to go around with less than a dollar in your purse. Suppose something happened? She was a little vague as to what might happen, but the idea fed her resentment.

Everything for the house, like food and things, she charged. Years ago, Robert had worked out some sort of budget for her but it had been impossible to keep their expenses under the right headings, so they had long ago abandoned it. And yet Robert always seemed to have money. That is, when she came to him for

Bei Milligans war es laut und turbulent zugegangen, und Mrs Bishop hatte zu viele Sandwiches und Petits fours gegessen, so daß ihr jetzt auf der Straße die Luft wohl tat, auch wenn sie feucht und kalt war. Als sie unten aus der Haustür trat, zog sie ihre Geldbörse heraus, durchsuchte sie und stellte fest, daß sie, die Kupfermünzen mitgerechnet, ganze siebenundachtzig Cents besaß, nicht einmal genug für ein Taxi von der Zehnten bis zur Dreiundsiebzigsten Straße. Gräßlich, nie genügend Geld bei sich zu haben!

Wenn sie beim Bridge verlor, mußte sie oft Schuldscheine ausstellen, was ihr etwas peinlich war, obwohl sie noch immer sie hatte einlösen können. Es wurmte sie, wenn Lila Hardy sagen konnte: «Wer wechselt mir einen Zehner?» und einen Schein aus ihrer schicken Tasche nahm, während die anderen nach Wechselgeld kramten.

Für einen Bus war es zu spät, überlegte sie; da konnte sie ebenso gut zur U-Bahn hinübergehen, obwohl sie von der Luft dort unten wahrscheinlich Kopfweh bekommen würde. Es nieselte ein bißchen, der Bürgersteig war naß. Und als sie an der Straßenecke stand und auf die Verkehrsampel wartete, bekam sie schrecklich Mitleid mit sich selbst. Sie erinnerte sich, wie sie als junges Mädchen immer damit gerechnet hatte, einmal eine Menge Geld zu besitzen. Sie hatte Pläne geschmiedet, was sie damit anfangen würde – was für Kleider sie sich kaufen und welche Polsterung für ihren Wagen sie wählen würde. Es war verrückt, mit weniger als einem Dollar in der Tasche herumzulaufen. Angenommen, es stieße ihr etwas zu? Sie war sich nicht ganz klar, was ihr schon zustoßen sollte, aber der Gedanke daran nährte ihren Groll.

Alles für den Haushalt wie Lebensmittel und den täglichen Bedarf ließ sie anschreiben. Vor Jahren hatte Robert ihr eine Art Haushaltsplan ausgearbeitet, aber es war unmöglich gewesen, die Ausgaben nach den einzelnen Posten zu trennen, und so hatten sie die Sache längst wieder aufgegeben. Robert freilich schien immer Geld zu haben. Jedenfalls wenn sie wegen

five or ten dollars, he managed to give it to her. Men were like that, she thought. They managed to keep money in their pockets but they had no idea you ever needed any. Well, one thing was sure, she would insist on having an allowance. Then she would know where she stood. When she decided this, she began to walk more briskly and everything seemed simpler.

The air in the subway was worse than usual. When the train came, she took a seat near the door and, although inwardly she was seething with rebellion, her face took on the vacuous look of other faces in the subway. At Eighteenth Street, a great many people got on and she found her vision blocked by a man who had come in and was hanging to the strap in front of her. He was tall and thin and his overcoat which hung loosely on him and swayed with the motion of the train smelled unpleasantly of damp wool. The buttons of the overcoat were of imitation leather and the button directly in front of Mrs Bishop's eyes evidently had come off and been sewed back on again with black thread, which didn't match the coat at all.

It was what is known as a swagger coat but there was nothing very swagger about it now. The sleeve that she could see was almost threadbare around the cuff and a small shred from the lining hung down over the man's hand. She found herself looking intently at his hand. It was long and pallid and not too clean. The nails were very short as though they had been bitten and there was a discolored callous on his second finger where he probably held his pencil. Mrs Bishop, who prided herself on her powers of observation, put him in the white-collar class. He most likely, she thought, was the father of a large family and had a hard time sending them all through school. He undoubtedly never spent money on himself. That would account for the shabbiness of his overcoat. And he was probably horribly afraid of losing his job. Mrs

fünf oder zehn Dollar zu ihm kam, konnte er aushelfen. Männer waren nun einmal so. Ihnen blieb immer Geld in der Tasche, und dabei kamen sie gar nicht auf den Gedanken, daß man auch mal welches brauchte. Nun, eines stand fest: Sie würde sich ein Taschengeld ausbedingen. Dann würde sie wissen, woran sie wäre. Bei diesem Entschluß schritt sie zügiger aus, und alles erschien ihr leichter.

Die Luft in der U-Bahn war noch schlechter als sonst. Als der Zug einfuhr, setzte sie sich in die Nähe der Tür, und, obwohl sie innerlich noch immer vor Empörung kochte, nahm ihr Gesicht den allgemein üblichen U-Bahn-Ausdruck an. In der Achtzehnten Straße stiegen viele Leute zu, und ihre Sicht wurde versperrt von einem Mann, der mit hereingekommen war und sich vor ihr an einem Griff festhielt.

Er war groß und mager, und sein Mantel, der schlaff an ihm herunterhing und im Rhythmus der Fahrt hin- und herschwang, roch unangenehm nach feuchter Wolle. Die Knöpfe des Mantels waren aus Kunstleder, und der Knopf, der Mrs Bishop dicht vor den Augen hing, war offensichtlich einmal abgerissen und mit einem schwarzen Faden, der zum Mantel überhaupt nicht paßte, wieder angenäht worden.

Der Mantel mußte einmal ein Renommierstück gewesen sein, aber davon war nicht mehr viel übrig. Der Ärmel, den sie sehen konnte, war am Aufschlag fast durchgewetzt, und ein kleiner Fetzen vom Futter hing dem Mann über die Hand. Ihr Blick musterte aufmerksam diese Hand. Sie war lang, weiß und nicht allzu sauber. Die Fingernägel waren sehr kurz, wie abgebissen, und am Mittelfinger hatte sich, wo er vermutlich einen Bleistift hielt, eine verfärbte Schwiele gebildet. Mrs Bishop, die sich auf ihre Beobachtungsgabe etwas zugute tat, taxierte ihn als kleinen Angestellten.

Er hatte höchstwahrscheinlich eine große Familie und alle Hände voll zu tun, um seine Kinder durch die Schule zu bringen. Für sich selbst gab er zweifellos nie Geld aus; dies mochte die Schäbigkeit seines Mantels erklären. Und wahrscheinlich hatte er panische Angst, seinen Arbeitsplatz zu verlieren. Nur seine Frau blieb Mrs

Bishop couldn't decide whether to make his wife a fat slattern or to have her an invalid.

She grew warm with sympathy for the man. Every now and then he gave a slight cough, and that increased her interest and her sadness. It was a soft, pleasant sadness and made her feel resigned to life. She decided that she would smile at him when she got off. It would be the sort of smile that would make him feel better, as it would be very obvious that she understood and was sorry.

But by the time the train reached Seventy-Second Street, the closeness of the air and the confusion of her own worries had made her feelings less poignant, so that her smile, when she gave it, lacked something. The man looked away embarrassed.

Her apartment was too hot and the smell of broiling chops sickened her after the enormous tea she had eaten. She could see Maude, her maid, setting the table in the dining room for dinner. Mrs Bishop had bought smart, little uniforms for her, but there was nothing smart about Maude and the uniforms never looked right.

Robert was lying on the living-room couch, the evening newspaper over his face to shield his eyes. He had changed his shoes, and the gray felt slippers he wore were too short for him and showed the imprint of his toes, and looked depressing. Years ago, when they were first married, he used to dress for dinner sometimes. He would shake up a cocktail for her and things were quite gay und almost the way she had imagined they would be. Mrs Bishop didn't believe in letting yourself go and it seemed to her that Robert let himself go out of sheer perversity. She hated him as he lay there, resignation in every line of his body. She envied Lila Hardy her husband who drank but who, at least, was somebody. And she felt like tearing the newspaper from his face because her anger and disgust were more than she could bear.

Bishop ein Rätsel. War sie fett und schmuddelig? War sie krank und leidend?

Bei ihrem Mitgefühl für den Mann wurde es Mrs Bishop warm ums Herz. Hin und wieder hüstelte er vor sich hin, was ihre Teilnahme und Traurigkeit noch verstärkte. Es war eine sanfte, wohltuende Traurigkeit, die ihr half, sich mit dem Leben abzufinden. Sie nahm sich vor, ihm zuzulächeln, wenn sie ausstieg. Es sollte ein Lächeln sein, das ihm weiterhelfen würde, denn er sollte deutlich spüren, daß sie sich in seine Lage versetzte und mit ihm fühlte.

Doch als der Zug endlich die Zweiundsiebzigste Straße erreichte, hatten die stickige Luft und ihr eigener Wust von Sorgen ihre Feinfühligkeit so weit abgestumpft, daß ihrem Lächeln, als sie es schenkte, etwas fehlte. Der Mann schaute verlegen zur Seite.

Zuhause in der Wohnung war es zu heiß, und der Geruch schmorender Koteletts widerte sie an nach dem üppigen Tee, den sie eingenommen hatte. Sie sah, wie Maude, ihr Dienstmädchen, im Eßzimmer den Tisch zum Abendbrot deckte. Mrs Bishop hatte ihr schicke Servierkleidchen gekauft, da aber Maude selbst nichts Schickes an sich hatte, kamen die Kleidchen nie zur Geltung.

Robert lag auf der Wohnzimmercouch, die Abendzeitung gegen das Licht über das Gesicht gebreitet. Er hatte die Schuhe ausgezogen, und seine Filzpantoffeln, die ihm zu klein waren und den Abdruck seiner Zehen zeigten, wirkten niederschmetternd. Vor Jahren, als sie jung verheiratet waren, zog er sich manchmal um zum Dinner. Er mixte ihr einen Cocktail, und alles war recht lustig und fast so, wie sie es sich immer vorgestellt hatte.

Mrs Bishop konnte es nicht leiden, wenn sich jemand gehen ließ, und das tat Robert, wie ihr schien, aus reinem Eigensinn. Sie haßte ihn, wie er so dalag, Resignation in jeder Faser seines Körpers. Sie beneidete Lila Hardy um ihren Mann, der zwar trank, aber doch wenigstens jemand war. Und sie verspürte die Versuchung, Robert die Zeitung vom Gesicht zu reißen, denn ihr Ärger und Verdruß waren mehr als sie ertragen konnte.

For a minute she stood in the doorway trying to control herself and then she walked over to a window and opened it roughly. "Goodness," she said. "Can't we ever have any air in here?"

Robert gave a slight start and sat up. "Hello, Mollie," he said. "You home?"

"Yes, I'm home," she answered. "I came home in the subway."

Her voice was reproachful. She sat down in the chair facing him and spoke more quietly so that Maude couldn't hear what she was saying. "Really, Robert," she said, "it was dreadful. I came out from the tea in all that drizzle and couldn't even take a taxi home. I had just exactly eighty-seven cents!"

"Say," he said. "That's a shame. Here." He reached in his pocket and took out a small roll of crumpled bills. "Here," he repeated and handed her one. She saw that it was five dollars.

Mrs Bishop shook her head. "No, Robert," she told him. "That isn't the point. The point is that I've really got to have some sort of allowance. It isn't fair to me. I never have any money! Never! It's positively embarrassing."

Mr Bishop fingered the five-dollar bill thoughtfully. "I see," he said. "You want an allowance. Don't I give you money every time you ask for it?"

"Well, yes," Mrs Bishop admitted. "But it isn't like my own. An allowance would be more like my own."

"Now, Mollie," he reasoned. "If you had an allowance, it would probably be gone by the tenth of the month."

"Don't treat me like a child," she said. "I just won't be humiliated any more."

Mr Bishop sat turning the five-dollar bill over and over in his hand. "How much do you think you should have?"

"Fifty dollars a month," she told him. And her

Einen Augenblick stand sie an der Tür und versuchte sich zusammenzunehmen, dann trat sie zum Fenster und riß es auf. «Mein Gott», sagte sie. «Können wir denn nie frische Luft hier haben?»

Robert fuhr ein wenig zusammen und setzte sich auf. «Hallo, Mollie», sagte er. «Bist du zurück?»

«Allerdings», gab sie zurück. «Ich bin mit der U-Bahn gefahren.»

Ihre Stimme klang vorwurfsvoll. Sie setzte sich auf den Stuhl ihm gegenüber und sprach leiser, um Maude nicht mithören zu lassen. «Ich muß schon sagen, Robert, es war zum Heulen. Ich ging dort weg bei diesem Sprühregen und konnte nicht einmal ein Taxi nehmen. Ich hatte gerade noch siebenundachtzig Cents!»

«Was du nicht sagst!» rief er aus. «Das gehört ja verboten. Hier nimm!» Er griff in seine Tasche und zog ein kleines Bündel zerknitterter Geldscheine heraus. «Hier!» wiederholte er und hielt ihr einen hin. Sie sah, daß es fünf Dollar waren.

Mrs Bishop schüttelte den Kopf. «Nein, Robert», sagte sie. «So war es nicht gemeint. Ich brauche unbedingt eine Art Taschengeld. Es ist nicht fair. Ich habe nie Geld. Einfach nie! Es ist wirklich peinlich!»

Mr Bishop ließ den Fünfdollarschein nachdenklich zwischen den Fingern knistern. «Ich verstehe», sagte er. «Du möchtest ein Taschengeld. Aber gebe ich dir nicht jedesmal Geld, wenn du welches willst?»

«Das schon», gab Mrs Bishop zu. «Aber es ist nicht wie mein eigenes. Ein Taschengeld wäre das schon eher.»

«Aber Mollie», gab er zu bedenken, «wenn du ein Taschengeld hättest, wäre es wahrscheinlich schon am Zehnten jedes Monats alle.»

«Behandle mich nicht wie ein Kind!» fuhr sie auf. «Ich lasse mich nicht mehr demütigen.»

Mr Bishop saß da und drehte und drehte den Fünfdollarschein zwischen den Fingern. «Wieviel hast du dir denn so vorgestellt?»

«Fünfzig Dollar im Monat», sagte sie, und ihre Stimme

voice was harsh. "That's the least I can get along on. Why, Lila Hardy would laugh at fifty dollars a month."

"Fifty dollars a month," Mr Bishop repeated. He ran his fingers through his hair. "I've had a lot of things to attend to this month. But, well, maybe if you would be willing to wait until the first of next month, I might manage."

"Oh, next month will be perfectly all right," she said, feeling it wiser not to press her victory. "But don't forget all about it. Because I shan't."

As she walked toward the closet to put away her wraps, she caught sight of Robert's overcoat on the chair near the door. He had tossed it carelessly across the back of the chair as he came in. One sleeve was hanging down and the vibration of her feet on the floor had made it swing gently back and forth. She saw that the cuff was badly worn and a bit of the lining showed. It looked dreadfully like the sleeeve of the overcoat she had seen in the subway. And, suddenly, looking at it, she had a horrible sinking feeling, as though she were falling in a dream.

klang herbe. «Mit weniger kann ich einfach nicht zurechtkommen. Also weißt du: Lila Hardy würde lachen über fünfzig Dollar im Monat.»

«Fünfzig Dollar im Monat», wiederholte Mr Bishop. Er fuhr sich mit den Fingern durch die Haare. «Diesen Monat habe ich allerhand am Hals. Aber schön, wenn du dich bis vielleicht zum nächsten Monatsersten geduldest, kann ich es vielleicht schaffen.»

«Oh, nächsten Monat, das geht ohne weiteres», sagte sie, klug genug, um den Bogen nicht zu überspannen. «Aber vergiß es nicht! Ich denke daran.»

Während sie zum Wandschrank ging, um ihr Cape wegzuhängen, fiel ihr Blick auf Roberts Mantel auf dem Stuhl neben der Tür. Er hatte ihn beim Hereinkommen achtlos über die Lehne geworfen. Ein Ärmel hing herab und pendelte durch die Erschütterung des Fußbodens unter ihren Tritten leicht hin und her. Sie sah, daß der Aufschlag stark abgewetzt war und ein Stück vom Futter heraushing, haargenau wie bei dem Mantel, den sie in der U-Bahn gesehen hatte. Und plötzlich, während sie ihn betrachtete, hatte sie das entsetzliche Gefühl, als versinke sie in der Erde und stürze wie im Traum ins Bodenlose.

Alan Austen, as nervous as a kitten, went up certain dark and creaky stairs in the neighborhood of Pell Street, and peered about for a long time on the dim landing before he found the name he wanted written obscurely on one of the doors.

He pushed open this door, as he had been told to do, and found himself in a tiny room, which contained no furniture but a plain kitchen table, a rocking-chair, and an ordinary chair. On one of the dirty buff-coloured walls were a couple of shelves,containing in all perhaps a dozen bottles and jars.

An old man sat in the rocking-chair, reading a newspaper. Alan, without a word, handed him the card he had been given. "Sit down, Mr Austen," said the old man very politely. "I am glad to make your acquaintance."

"Is it true," asked Alan, "that you have a certain mixture that has – er – quite extraordinary effects?"

"My dear sir," replied the old man, "my stock in trade is not very large – I don't deal in laxatives and teething mixtures – but such as it is, it is varied. I think nothing I sell has effects which could be precisely described as ordinary."

"Well, the fact is . . ." began Alan.

"Here, for example," interrupted the old man, reaching for a bottle from the shelf. "Here is a liquid as colourless as water, almost tasteless, quite imperceptible in coffee, wine, or any other beverage. It is also quite imperceptible to any known method of autopsy."

"Do you mean it is a poison?" cried Alan, very much horrified.

"Call it a glove-cleaner if you like," said the old man indifferently. "Maybe it will clean gloves. I have never tried. One might call it a life-cleaner. Lives need cleaning sometimes."

Nervös wie eine junge Katze stieg Alan Austen eine dunkle, knarrende Treppe unweit der Pell Street hinauf. Auf dem dämmerigen Treppenabsatz suchte er längere Zeit, bis er den gewünschten Namen, kaum leserlich geschrieben, auf einer der Türen fand.

Er stieß die Tür auf, wie man ihn geheißen hatte, und befand sich in einem winzigen Raum, der außer einem einfachen Küchentisch, einem Schaukelstuhl und einem gewöhnlichen Stuhl unmöbliert war. An einer der schmutzig-gelblichen Wände stand ein Regal, das insgesamt etwa ein Dutzend Flaschen und Krüge enthielt.

In dem Schaukelstuhl saß ein alter Mann und las eine Zeitung. Alan überreichte ihm wortlos die Karte, die man ihm gegeben hatte. «Nehmen Sie Platz, Mr Austen», sagte der alte Mann sehr höflich. «Es freut mich, Sie kennen zu lernen.»

«Stimmt es», fragte Alan, «daß Sie so eine Mixtur haben, die eine ganz – äh – außergewöhnliche Wirkung hervorruft?»

«Mein lieber Herr», erwiderte der Alte, «mein Sortiment ist nicht sehr groß – ich führe weder Abführmittel noch Arzneien für zahnende Säuglinge – und doch ist es mannigfach auf seine Art. Nichts, was ich verkaufe, glaube ich, hat eine Wirkung, die man genau genommen alltäglich nennen könnte.»

«Ja nun», begann Alan, «die Sache ist nämlich die...»

«Hier zum Beispiel», unterbrach ihn der Alte und griff nach einer Flasche auf dem Regal. «Diese Flüssigkeit hier ist so farblos wie Wasser, fast ohne Geschmack und absolut unauffällig in Kaffee, Wein oder sonstigen Getränken. Ferner ist sie durch keine bekannte Methode der Autopsie nachweisbar.»

«Soll das heißen, daß es ein Gift ist?» rief Alan voll Entsetzen.

«Nennen Sie es Handschuhreiniger, wenn Sie wollen», sagte der alte Mann gelassen. «Vielleicht entfernt es Flecken aus Handschuhen. Ich hab's nie ausprobiert. Aber es tilgt vielleicht auch Flecken im Leben. Auch das Leben muß manchmal zur Reinigung.»

"I want nothing of that sort," said Alan.

"Probably it is just as well," said the old man. "Do you know the price of this? For one teaspoonful, which is sufficient, I ask five thousand dollars. Never less. Not a penny less."

"I hope all your mixtures are not as expensive," said Alan apprehensively.

"Oh dear, no," said the old man. "It would be no good charging that sort of price for a love potion, for example. Young people who need a love potion very seldom have five thousand dollars. Otherwise they would not need a love potion."

"I am glad to hear that," said Alan.

"I look at it like this," said the old man. "Please a customer with one article, and he will come back when he needs another. Even if it *is* more costly. He will save up for it, if necessary."

"So," said Alan, "you really do sell love potions?"

"If I did not sell love potions," said the old man, reaching for another bottle, "I should not have mentioned the other matter to you. It is only when one is in a position to oblige that one can afford to be so confidential."

"And these potions," said Alan. "They are not just – just – er –"

"Oh, no," said the old man. "Their effects are permanent, and extend far beyond the mere casual impulse. But they include it. Oh, yes, they include it. Bountifully, insistently. Everlastingly."

"Dear me!" said Alan, attempting a look of scientific detachment. "How very interesting!"

"But consider the spiritual side," said the old man.

"I do, indeed," said Alan.

"For indifference," said the old man, "they substitute devotion. For scorn, adoration. Give one tiny measure of this to the young lady – its flavour is imperceptible in orange juice, soup, or cocktails –

«Ich brauche nichts dergleichen», stieß Alan hervor.

«Um so besser für Sie», sagte der Alte. «Wissen Sie, was es kostet? Für einen Teelöffel voll, der übrigens völlig ausreicht, verlange ich fünftausend Dollar. Keinesfalls weniger, nicht einen Penny.»

«Hoffentlich sind Ihre Mixturen nicht alle so teuer», meinte Alan besorgt.

«Gott bewahre!» sagte der Alte. «Es hätte zum Beispiel keinen Sinn, einen so hohen Preis für einen Liebestrank zu berechnen. Junge Leute, die einen Liebestrank brauchen, haben sehr selten fünftausend Dollar. Sonst würden sie ja keinen brauchen.»

«Das freut mich zu hören», sagte Alan.

«Ich sehe es folgendermaßen», erklärte der Alte. «Stelle ich einen Kunden mit einer Ware zufrieden, so kommt er wieder, wenn er eine andere braucht. Auch wenn die dann teurer ist. Er wird darauf sparen, wenn es not tut.»

«Dann haben Sie also tatsächlich einen Liebestrank zu verkaufen?» fragte Alan.

«Wenn ich keinen zu verkaufen hätte», antwortete der alte Mann und griff nach einer anderen Flasche, «dann hätte ich Ihnen nicht von der anderen Geschichte erzählt. Nur wenn man jemandem dienlich sein kann, darf man sich erlauben, aus der Schule zu plaudern.»

«Und dieser Trank», sagte Alan. «Ist er nicht bloß – äh –»

«O nein», sagte der Alte. «Seine Wirkung ist nachhaltig und geht weit über den nur zeitweiligen Appetit hinaus, obwohl auch der nicht zu kurz kommt. Nein, ganz im Gegenteil: er wird davon kräftig, anhaltend, unersättlich.»

«Wirklich?» sagte Alan, bestrebt, einen Eindruck wissenschaftlicher Distanziertheit zu vermitteln. «Hochinteressant!»

«Aber betrachten Sie es mal vom Seelischen her!» sagte der Alte.

«Darum geht es mir ja», beteuerte Alan.

«Gleichgültigkeit», fuhr der Alte fort, «wandelt sich in Hingabe, Geringschätzung in Anbetung. Geben Sie der jungen Dame nur einen Fingerhut davon – der Geschmack verliert sich in Orangensaft, Suppen oder Cocktails – und sie wird wie

and however gay and giddy she is, she will change altogether. She will want nothing but solitude and you."

"I can hardly believe it," said Alan. "She is so fond of parties."

"She will not like them any more," said the old man. "She will be afraid of the pretty girls you may meet."

"She will actually be jealous?" cried Alan in a rapture. "Of me?"

"Yes, she will want to be everything to you."

"She is, already. Only she doesn't care about it."

"She will, when she has taken this. She will care intensely. You will be her sole interest in life."

"Wonderful!" cried Alan.

"She will want to know all you do," said the old man. "All that has happened to you during the day. Every word of it. She will want to know what you are thinking about, why you smile suddenly, why you are looking sad."

"That is love!" cried Alan.

"Yes," said the old man. "How carefully she will look after you! She will never allow you to be tired, to sit in a draught, to neglect your food.

If you are an hour late, she will be terrified. She will think you are killed, or that some siren has caught you."

"I can hardly imagine Diana like that!" cried Alan, overwhelmed with joy.

"You will not have to use your imagination," said the old man. "And, by the way, since there are always sirens, if by any chance you *should*, later on, slip a little, you need not worry. She will forgive you, in the end. She will be terribly hurt, of course, but she will forgive you – in the end."

"That will not happen," said Alan fervently.

"Of course not," said the old man. "But, if it did, you need not worry. She would never divorce you.

ausgewechselt sein, so leicht und flatterhaft sie auch gewesen sein mag. Sie wird sich nur noch nach Einsamkeit sehnen und – nach Ihnen.»

«Das kann ich mir kaum vorstellen», sagte Alan. «Wo sie doch so partysüchtig ist!»

«Sie wird nichts mehr dafür übrig haben», sagte der Alte. «Aus Angst vor den hübschen Mädchen, denen Sie begegnen könnten.»

«Dann wäre sie ja buchstäblich eifersüchtig!» rief Alan verzückt. «Eifersüchtig auf mich?»

«Ganz richtig, sie wird Ihr ein und alles sein wollen.»

«Sie ist es ja schon. Nur liegt ihr nichts daran.»

«Das wird sich ändern, sobald sie dies hier im Leibe hat. Dann wird ihr sehr viel daran liegen. Sie werden der Mittelpunkt ihres Lebens sein.»

«Großartig!» rief Alan.

«Sie wird alles wissen wollen, was Sie tun», sagte der Alte, «Alles, was Sie tagsüber erlebt haben. Bis ins kleinste. Sie wird wissen wollen, was Sie gerade denken, warum Sie plötzlich lächeln, warum Sie traurig aussehen.»

«Das nenne ich Liebe!» rief Alan.

«Jawohl», sagte der alte Mann. «Und wie gewissenhaft sie für Sie sorgen wird! Sie wird es nie zulassen, daß Sie sich zu sehr anstrengen, daß Sie in Zugluft sitzen, daß Sie ihre Ernährung vernachlässigen. Wenn Sie sich um eine Stunde verspäten, wird sie in tausend Ängsten schweben. Sie wird sich einbilden, Sie seien tot oder einer Sirene ins Netz gegangen.»

«Das kann ich mir bei Diana kaum vorstellen!» rief Alan, von Freude überwältigt.

«Sie brauchen Ihre Phantasie gar nicht erst anzustrengen», sagte der Alte. «Und nebenbei gesagt – da es nun einmal Sirenen gibt : Sollten Sie später zufällig ein bißchen straucheln, so brauchen Sie sich keine Sorgen zu machen. Letzten Endes verzeiht sie Ihnen. Es tut ihr natürlich furchtbar weh, aber sie verzeiht Ihnen – letzten Endes.»

«So etwas wird nie vorkommen», erklärte Alan heftig.

«Natürlich nicht», pflichtete der Alte bei. «Aber selbst wenn, so hätten Sie keinen Grund zur Sorge. Sie wird sich nie

Oh, no! And, of course, she will never give you the least, the very least, grounds for – uneasiness."

"And how much," said Alan, "is this wonderful mixture?"

"It is not as dear," said the old man, "as the glove-cleaner, or life-cleaner, as I sometimes call it. No. That is five thousand dollars, never a penny less. One has to be older than you are, to indulge in that sort of thing. One has to save up for it."

"But the love potion?" said Alan.

"Oh, that," said the old man, opening the drawer in the kitchen table, and taking out a tiny, rather dirty-looking phial. "That is just a dollar."

"I can't tell you how grateful I am," said Alan, watching him fill it.

"I like to oblige," said the old man. "Then customers come back, later in life, when they are better off, and want more expensive things. Here you are. You will find it very effective."

"Thank you again," said Alan. "Good-bye."

"Au revoir," said the old man.

von Ihnen scheiden lassen. Ausgeschlossen! Und von sich aus wird sie Ihnen selbstverständlich nie den geringsten, auch nicht den allergeringsten, Anlaß zum – Zweifel geben.»

«Und was kostet die wunderbare Mixtur?» fragte Alan.

«Nicht so viel wie der Handschuhreiniger oder – Allesreiniger, wie ich ihn manchmal nenne. Keinesfalls. Der kostet fünftausend Dollar, keinen Penny weniger. Man muß älter sein als Sie, um sich so etwas zu leisten. Man muß darauf gespart haben.»

«Aber der Liebestrank?» fragte Alan.

«Ach so, der! sagte der Alte. Er öffnete die Schublade des Küchentisches und zog ein ziemlich verschmutztes Fläschchen heraus. «Der kostet nur einen Dollar.»

«Ich kann gar nicht sagen, wie dankbar ich Ihnen bin», sagte Alan, während er zusah, wie der Alte das Fläschchen füllte.

«Ich komme meinen Kunden gern entgegen», sagte der Alte. «Dann kommen Sie später im Leben, wenn sie besser gestellt sind, wieder und verlangen teurere Sachen. So, hier haben Sie Ihren Trank. Sie werden sehen, er wirkt Wunder.»

«Nochmals herzlichen Dank», sagt Alan. «Leben Sie wohl!»

«Au revoir», sagte der alte Mann.

The last letter in the little pile on the corner of the breakfast tray was a buff-colored letter, plump and stiff and square and from a man. Obviously from a man. Over the delicate gilded rim of her morning coffee cup the actress regarded it casually. It bore two stamps and had been mailed at New Haven.

The coffee was too hot to drink. The actress set the cup down – *klink* – in the shining saucer and patted her lips with a lace-edged napkin. She picked up the letter, opened it, glanced at the first page, turned to the final (the seventh) one, and examined the signature. "Brock Henderson."

Below this, at the side, was written, "922 Yale Station, April third." The actress smiled slightly. A *young* man.

Settling herself more comfortably into the pillows heaped high at her back, she began to read:

"Please," (no other salutation) "PLEASE" (printed large) "don't think I'm the sort of twirp who does this sort of thing. I mean habitually. Cross my heart, I never wrote a fan letter before in my life; I never dreamed of writing one; I never could see how anybody could be such an ass. But that, as the movie titles would say, was before You came.

"Remember the night you played in New Haven last October, before your show opened in New York? That was the night. I was the fellow breathing hard in the fourth row on the aisle. The one who had to be nudged by his roommate when it was time to stop clapping. I had never seen you before, you see, and I felt – but never mind that. The point is that ever since then I've had just three things on my mind; and one is you, and another is you, and the third is you."

Katharine Brush: Die Schauspielerin

Der letzte Brief in dem kleinen Stoß in der Ecke des Frühstücks-
tabletts war lederfarben und trug die breite, ungelenke, eckige
Aufschrift einer Männerhand. Kein Zweifel, er war von einem
Mann! Über den dünnen Goldrand ihrer morgendlichen Kaf-
feetasse hinweg betrachtete ihn die Schauspielerin mit gleich-
gültigem Blick. Er trug zwei Briefmarken und war in New
Haven aufgegeben worden.

Der Kaffee war noch zu heiß zum Trinken. Die Schauspielerin stellte – klink – die Tasse in den blitzblanken Unterteller
und betupfte sich die Lippen mit einer spitzenbesetzten Ser-
viette. Sie nahm den Brief in die Hand, öffnete ihn, überflog die
erste Seite, wandte sich der letzten, siebenten, zu und studierte
die Unterschrift: «Brock Henderson.»

Seitlich darunter stand: «922, Yale Station, 3. April.» Die
Schauspielerin lächelte leicht: Ein junger Mann also!

Sich bequemer in die Kissen zurücklehnend, die sich hinter
ihrem Rücken auftürmten, begann sie zu lesen:

«Bitte» (keine weitere Anrede), «BITTE» (in Großbuchstaben),
«halten Sie mich nicht für einen Spinner, der das, was ich jetzt
tue, gewohnheitsmäßig tut! Ehrenwort, ich habe noch nie in
meinem Leben einen Fan-Brief geschrieben. Ich hätte mir so
etwas nie träumen lassen. Ich habe es nie verstanden, wie sich
jemand so lächerlich machen kann. Aber das war, wie es in
Filmtiteln heißen könnte, ‹ehe Sie kamen›.

Erinnern Sie sich an den Abend im vorigen Oktober, als Sie
in New Haven auftraten, bevor Sie Premiere in New York
hatten? Damals passierte es. Der junge Mann, der schwer
atmend seitlich in der vierten Reihe saß, war ich. Ebenso der,
den sein Zimmergenosse in die Rippen boxen mußte, als es
Zeit war, mit dem Klatschen aufzuhören.

Ich hatte Sie näm-
lich nie zuvor gesehen und ich spürte – aber lassen wir das!
Fest steht, daß ich seither nur noch drei Dinge im Kopf habe:
Erstens Sie, zweitens Sie und drittens Sie.»

Here page one ended. The actress thumbed it aside and slid it under the last page. Holding the letter in her left hand on the taffeta puff that covered her, she stirred her coffee and tasted a spoonful speculatively. And put the spoon down.

She read on:

"Of course I know it's an old, old story. Maybe you're yawning. Probably you are. But I can't help telling you anyway..."

He had, it appeared, seen her play over and over again since October. Every weekend he could get off he came to New York and saw it. And once (there were two full pages about this) he had watched her emerge from the stage door after a performance and get into her car and drive away.

She had worn "a white fur wrap like a snowdrift" and she had looked "even more marvelous" off the stage than on. He had wanted terribly to speak to her, to say *something* – but he hadn't dared. "I was afraid you'd think I was just fresh."

He devoured everything he could find about her in the papers and magazines; every news note, every interview. He knew what her apartment looked like; what cigarettes she smoked. He knew that, for all her fame, she was "hardly more than a kid – about my age," and somehow he got a tremendous kick out of that.

He knew her life, her glittering life, and the things of it: the parties, the perfumes, the flowers, the flattery. She was to him a gay and golden person, born to laugh and dance and to be loved. "An orchid person – if that isn't too trite. Exquisite and exotic and rare."

This part of the letter forgot flippancy, neglected self-ridicule. It was painfully in earnest. The meticu-

Hier endete die erste Seite. Die Schauspielerin schob den Bogen beiseite und steckte ihn unter das letzte Blatt. Während sie die linke Hand mit dem Brief auf die taftene Steppdecke, mit der sie zugedeckt war, sinken ließ, rührte sie mit der rechten den Kaffee um und probierte ihn gedankenverloren mit dem Löffel. Dann legte sie den Löffel zurück und las weiter:

«Natürlich ist es die alte Leier. Vielleicht, das heißt wahrscheinlich, gähnen Sie schon. Aber ich muß Ihnen ganz einfach sagen . . .»

Er hatte sich offenbar ihr Stück seit Oktober immer wieder angesehen. Jedes Wochenende, an dem er sich frei machen konnte, kam er nach New York, um hinein zu gehen. Und einmal – zwei ganze Seiten handelten davon – hatte er beobachtet, wie sie nach einer Vorstellung aus dem Bühneneingang herauskam, in ihr Auto stieg und wegfuhr. Sie habe «einen weißen Pelz gleich einem duftigen Schneegebilde» angehabt und außerhalb des Theaters «noch zauberhafter» ausgesehen als auf der Bühne. Er hatte sie schrecklich gern angesprochen, einfach um irgend etwas zu sagen – aber er hatte sich nicht getraut. «Ich hatte Angst, Sie würden mich für frech halten.»

Er verschlang alles, was er über sie in den Zeitungen und Illustrierten finden konnte, jede kleine Verlautbarung, jedes Interview. Er wußte, wie es bei ihr in der Wohnung aussah, welche Zigaretten sie rauchte. Er wußte, daß sie bei all ihrem Ruhm «kaum älter war als ein Kind – so ungefähr sein eigener Jahrgang», und irgendwie fand er das ganz besonders aufregend.

Er kannte ihr Leben, ihr glitzerndes Leben, und alles was dazu gehörte: Parties, Parfums, Blumen, Komplimente. Sie war für ihn der Inbegriff von Glanz und Glück, geboren, um zu lachen, zu tanzen und geliebt zu werden. «Eine wandelnde Orchidee – wenn ich mich nicht zu banal ausdrücke. Erlesen, exotisch, einzigartig.»

Der folgende Teil des Briefes gab das Geplänkel auf, ließ die Selbstironie beiseite. An ihre Stelle trat fast schmerzhafter

lous handwriting of the first page or two hurried now, went tumbling along . . .

"I don't suppose I'll ever really meet you. Optimistic as I am about most things in life, I can't honestly hope ever to bridge the illimitable chasm that lies between a girl like you and a boy like me.

Some fellows would manage it, I know, but I haven't the ingenuity to think up a way, and besides, I wouldn't want to risk your indifference. Or your amusement.

"But whether or not I ever meet you – you belong to me, sort of. You're part of my life, and the things I do, and the things I dream. You're in music and in moonlight. When I'm kissing somebody I shut my eyes, and you're there. The *glamour* of you. I suppose that's what I'm in love with. Nothing can ever take that away from me.

"I'm not going to read this over because I know if I do I won't send it.". . .

The actress folded the pages slowly and laid the letter above her other mail. For a moment she thought about it; her lips curved a little, in a gentle little smile.

Then she forgot it.

The drank her coffee and lit a cigarette. She had ceased to smile. Her face was serious now, absorbed, the forehead faintly puckered.

Presently she took a pencil from the bedside table, and the letter from the top of the pile. With heedless hasty fingers she ripped a strip of paper from it, and on the blank side she scribbled:

Shower curtains

Dish towels

New cord elec. iron

Socks, shirts, pantie-waists for Patty . . .

Ernst. Die peinlich genaue Schrift der ersten beiden Seiten jagte, stürzte jetzt dahin ...

«Ich glaube nicht, daß ich Ihnen je begegnen werde. So optimistisch ich das meiste im Leben auch sehe, kann ich nicht ernstlich hoffen, jemals die unermeßliche Kluft zu überbrücken, die zwischen einem Mädchen wie Ihnen und einem Jungen wie mir liegt. Ich weiß, manch einer würde es schaffen, aber ich habe nicht das Köpfchen, mir dazu etwas auszudenken, und außerdem würde ich mich scheuen, das Risiko Ihrer Gleichgültigkeit oder Ihrer Belustigung einzugehen.

Aber ob ich Ihnen jemals begegne oder nicht – gewissermaßen gehören Sie mir. Sie sind ein Stück meines Lebens, Sie sind alles was ich tue, alles was ich erträume. Ich finde Sie in der Musik und im Mondenschein. Wenn ich jemand küsse, schließe ich die Augen, und Sie sind bei mir. Welcher Zauber von Ihnen ausgeht! Er ist es wohl, in den ich verliebt bin. Nichts kann mir das jemals nehmen.

Ich lese diesen Brief nicht mehr durch, weil ich weiß, daß ich ihn dann nicht mehr abschicken würde.»

Die Schauspielerin faltete die Seiten langsam zusammen und legte den Brief auf die übrige Post. Einen Augenblick sann sie darüber nach; ein weiches Lächeln umspielte ihre Lippen.

Dann vergaß sie ihn.

Sie trank ihren Kaffee und zündete sich eine Zigarette an. Das Lächeln war verflogen. Ihr Gesicht war jetzt ernst und nachdenklich, die Stirn leicht gefältelt.

Gleich darauf nahm sie einen Bleistift vom Nachttisch und den Brief vom oberen Ende des Stapels. Mit achtlosen, hastigen Fingern riß sie einen Streifen Papier ab und kritzelte auf die unbeschriebene Seite:

Duschvorhänge
Geschirrtrockentücher
Neue Bügeleisenschnur
Socken, Hemden, Hemdhöschen für Patty ...

Charlie Stowe waited until he heard his mother snore before he got out of bed. Even then he moved with caution and tiptoed to the window. The front of the house was irregular, so that it was possible to see a light burning in his mother's room. But now all the windows were dark. A searchlight passed across the sky, lighting the banks of cloud and probing the dark deep spaces between, seeking enemy airships. The wind blew from the sea, and Charlie Stowe could hear behind his mother's snores the beating of the waves. A draught through the cracks in the window frame stirred his nightshirt. Charlie Stowe was frightened.

But the thought of the tobacconist's shop which his father kept down a dozen wooden stairs drew him on. He was twelve years old, and already boys at the County School mocked him because he had never smoked a cigarette. The packets were piled twelve deep below, Gold Flake and Players, De Reszke, Abdulla, Woodbines, and the little shop lay under a thin haze of stale smoke which would completely disguise his crime. That it was a crime to steal some of his father's stock Charlie Stowe had no doubt, but he did not love his father; his father was unreal to him, a wraith, pale, thin, and indefinite, who noticed him only spasmodically and left even punishment to his mother.

For his mother he felt a passionate demonstrative love; her large boisterous presence and her noisy charity filled the world for him; from her speech he judged her the friend of everyone, from the rector's wife to the "dear Queen," except the "Huns," the monsters who lurked in Zeppelins in the clouds. But his father's affection and dislike were as indefinite as his movements. Tonight he had said he would

Charlie Stowe wartete, bis er seine Mutter schnarchen hörte, dann erst stieg er aus dem Bett. Aber auch jetzt bewegte er sich mit großer Vorsicht und schlich auf Zehenspitzen zum Fenster. Die Fassade des Hauses verlief ungeradlinig, so daß man von hier aus Licht im Zimmer seiner Mutter hätte sehen können, wenn eines gebrannt hätte. Doch nunmehr waren alle Fenster dunkel. Ein Scheinwerfer tastete den Himmel ab, erhellte die Wolkenbänke und bohrte sich in die tiefen, dunklen Räume zwischen ihnen, immer auf der Suche nach feindlichen Luftschiffen. Der Wind blies von der See, und Charlie hörte über das Schnarchen seiner Mutter hinweg das Rauschen der Brandung. Ein Luftzug durch die Ritzen im Fensterrahmen bewegte sein Nachthemd. Charlie Stowe hatte Angst.

Doch der Gedanke an den Tabakwarenladen, den sein Vater ein Dutzend Holzstufen weiter unten betrieb, lockte ihn an. Er war erst zwölf Jahre alt, und doch hänselten ihn schon die Jungen in der Grafschaftsschule, daß er noch nie eine Zigarette geraucht hatte. Die Packchen lagerten unten in Stapeln zu je zwölf – Gold Flake & Players, De Reszke, Abdulla, Woodbines – und der kleine Laden lag unter einem dünnen Schleier abgestandenen Rauches, der seine Untat bestens tarnen würde. Daß es ein Verbrechen war, den Vorrat seines Vaters zu plündern, stand für Charlie außer Zweifel, aber er liebte seinen Vater nicht. Sein Vater erschien ihm als unwirkliches, schemenhaftes Wesen, bleich, hager, wesenlos, das ihn nur hin und wieder bemerkte und sogar Bestrafungen seiner Mutter überließ. Seine Mutter liebte er heiß und überschwenglich; ihre unübersehbare, temperamentvolle Gegenwart und ihre geschäftige Herzensgüte füllten seine kleine Welt. Aus ihren Reden entnahm er, daß sie auf jedermann gut zu sprechen war, von der Pfarrfrau bis zur «heißgeliebten Königin», abgesehen freilich von den «Hunnen», jenen Unholden, die mit ihren Zeppelinen in den Wolken lauerten. Dagegen waren bei seinem Vater Gefühle wie Liebe und Abneigung so unberechenbar wie sein unsteter Lebenswandel. Heute abend, hatte er gesagt, würde er in Norwich sein, aber so richtig wußte man das nie.

be in Norwich, and yet you never knew. Charlie Stowe had no sense of safety as he crept down the wooden stairs. When they creaked he clenched his fingers on the collar of his nightshirt.

At the bottom of the stairs he came out quite suddenly into the little shop. It was too dark to see his way, and he did not dare touch the switch. For half a minute he sat in despair on the bottom step with his chin cupped in his hands. Then the regular movement of the searchlight was reflected through an upper window and the boy had time to fix in memory the pile of cigarettes, the counter, and the small hole under it. The footsteps of a policeman on the pavement made him grab the first packet to his hand and dive for the hole. A light shone along the floor and a hand tried the door, then the footsteps passed on, and Charlie cowered in the darkness.

At last he got his courage back by telling himself in his curiously adult way that if he were caught now there was nothing to be done about it, and he might as well have his smoke. He put a cigarette in his mouth and then remembered that he had no matches. For a while he dared not move. Three times the searchlight lit the shop, while he muttered taunts and encouragements. "May as well be hung for a sheep," "Cowardy, cowardy custard," grown-up and childish exhortation oddly mixed.

But as he moved he heard footfalls in the street, the sound of several men walking rapidly. Charlie Stowe was old enough to feel surprise that anybody was about. The footsteps came nearer, stopped; a key was turned in the shop door, a voice said, "Let him in," and then he heard his father: "If you wouldn't mind being quiet, gentlemen. I don't want to wake up the family." There was a note unfamiliar to Charlie in the undecided voice. A torch flashed and the electric globe burst into blue light. The boy held his breath; he

Charlie Stowe fühlte sich gar nicht sicher, während er die hölzerne Treppe hinunterschlich. Als sie einmal knarrte, krampften sich seine Finger um den Kragen seines Nachthemdes.

Vom unteren Ende der Treppe gelangte er im Handumdrehen in den kleinen Laden. Es war so finster, daß man die Hand nicht vor den Augen sehen konnte, aber er wagte es nicht, den Lichtschalter zu berühren. Eine halbe Minute saß er verzweifelt auf der untersten Stufe, das Kinn in die Hände gestützt. Dann fiel von einem Oberlicht ein Lichtreflex des regelmäßig vorüberhuschenden Scheinwerferkegels in den Raum, und der Junge fand Zeit, sich den Zigarettenstapel und den Ladentisch mit dem kleinen Loch darunter einzuprägen. Die Schritte eines Schutzmannes auf dem Bürgersteig ließen ihn nach dem erstbesten Päckchen greifen und in dem Loch verschwinden. Ein Lichtfleck tanzte den Fußboden entlang, und eine Hand rüttelte an der Tür, dann entfernten sich die Schritte, und Charlie kauerte in der Dunkelheit.

Schließlich faßte er neuen Mut, indem er sich in seiner wunderlich altklugen Art sagte, daß, würde er jetzt ertappt, sich daran eben nichts ändern ließe; warum sollte er sich dann schon nicht eine Zigarette genehmigen? Er steckte sich eine in den Mund, als ihm einfiel, daß er keine Zündhölzer hatte. Eine Weile wagte er keine Bewegung. Dreimal erhellte der Scheinwerfer den Laden, während er sich halblaut stichelte und Mut machte: «Wenn schon, denn schon!», «Wer fürchtet sich vorm schwarzen Mann?» – so klangen erwachsene und kindliche Ermunterungen durcheinander.

Als Charlie sich endlich wieder rührte, hörte er Schritte auf der Straße, wie von mehreren Männern, die es eilig hatten. Charlie Stowe war groß genug, um sich zu wundern, daß noch jemand unterwegs war. Die Schritte kamen näher, hielten an; ein Schlüssel drehte sich im Schloß der Ladentür und eine Stimme sagte: «Lassen Sie ihn hinein!» und dann hörte er seinen Vater: «Wenn ich Sie bitten darf, leise zu sein, meine Herren. Ich möchte nicht die Familie wecken.» Die unsichere Stimme klang fremd in Charlies Ohr. Eine Taschenlampe blitzte auf und schon erstrahlte die elektrische Deckenbeleuch-

wondered whether his father would hear his heart beating, and he clutched his nightshirt tightly and prayed, "O God, don't let me be caught." Through a crack in the counter he could see his father where he stood, one hand held to his high stiff collar, between two men in bowler hats and belted mackintoshes. They were strangers.

"Have a cigarette," his father said in a voice dry as a biscuit. One of the men shook his head. "It wouldn't do, not when we are on duty. Thank you all the same." He spoke gently, but without kindness; Charlie Stowe thought his father must be ill.

"Mind if I put a few in my pocket?" Mr Stowe asked, and when the man nodded he lifted a pile of Gold Flake and Players from a shelf and caressed the packets with the tips of his fingers.

"Well," he said, "there's nothing to be done about it, and I may as well have my smokes." For a moment Charlie Stowe feared discovery, his father stared round the shop so thoroughly; he might have been seeing it for the first time. "It's a good little business," he said, "for those that like it. The wife will sell out, I suppose. Else the neighbours'll be wrecking it. Well, you want to be off. A stitch in time. I'll get my coat."

"One of us'll come with you, if you don't mind," said the stranger gently.

"You needn't trouble. It's on the peg here. There, I'm all ready."

The other man said in an embarrassed way: "Don't you want to speak to your wife?" The thin voice was decided. "Not me. Never do today what you can put off till tomorrow. She'll have her chance later, won't she?"

"Yes, yes," one of the strangers said and he became very cheerful and encouraging. "Don't you worry too much. While there's life..." And suddenly his father tried to laugh.

tung in bläulichem Licht. Der Junge hielt den Atem an; in banger Sorge, sein Vater würde sein Herzklopfen hören, zerknüllte er sein Nachthemd in seinen Fingern und betete: «Lieber Gott, gib, daß sie mich nicht erwischen!» Durch einen Spalt im Ladentisch konnte er seinen Vater sehen, wie er, die Hand an seinem hohen Stehkragen, dastand, flankiert von zwei Männern in steifen Hüten und eng umgürteten Regenmänteln. Die Männer waren Fremde.

«Nehmen Sie doch 'ne Zigarette!» sagte sein Vater mit brüchiger Stimme. Einer der Männer schüttelte den Kopf. «Bedaure, nicht wenn wir im Dienst sind. Trotzdem vielen Dank.» Er sprach leise, aber ohne Wärme. Charlie kam es vor, als müsse sein Vater krank sein.

«Darf ich mir ein paar davon einstecken?» fragte Mr Stowe, und als der Mann nickte, hob er einen Stoß Gold Flake & Players von einem Regal und streichelte die Päckchen zärtlich mit den Fingerspitzen.

«Na schön», sagte er, «wenn sich schon nichts mehr daran ändern läßt, kann ich mir wenigstens was zum Rauchen mitnehmen». Einen Augenblick befürchtete Charlie entdeckt zu werden, denn sein Vater blickte sich so gründlich im Laden um, als sähe er ihn zum ersten Mal. «Klein, aber fein», sagte er, «falls man Spaß an so 'nem Geschäft hat. Meine Frau wird es vermutlich abstoßen. Sonst schlagen es die Nachbarn doch nur kurz und klein. Nun, die beiden Herren wollen sicher weiter. Wer rastet, der rostet. Ich hole nur schnell meinen Mantel.»

«Einer von uns wird mitkommen, wenn es Ihnen nichts ausmacht», sagte der Fremde rücksichtsvoll.

«Sie brauchen sich nicht zu bemühen. Er hängt hier am Haken. So, ich bin fertig.»

Der andere Mann fragte verlegen: «Wollen Sie nicht Ihre Frau sprechen?» Die dünne Stimme klang entschieden: «Nichts da! Was du heute kannst besorgen, das verschieb nur gleich auf morgen. Sie erfährt's noch früh genug, oder nicht?»

«Na klar», sagte einer der Fremden, und seine Stimme war auf einmal heiter und ermutigend. «Nehmen Sie's nicht zu tragisch. Nichts wird so heiß gegessen...» Und plötzlich hörte der Junge, wie sein Vater zu lachen versuchte.

When the door had closed Charlie Stowe tiptoed upstairs and got into bed. He wondered why his father had left the house again so late at night and who the strangers were. Surprise and awe kept him for a little while awake. It was as if a familiar photograph had stepped from the frame to reproach him with neglect.

He remembered how his father had held tight to his collar and fortified himself with proverbs, and he thought for the first time that, while his mother was boisterous and kindly, his father was very like himself, doing things in the dark which frightened him. It would have pleased him to go down to his father and tell him that he loved him, but he could hear through the window the quick steps going away. He was alone in the house with his mother, and he fell asleep.

Als sich die Tür hinter den Männern geschlossen hatte, schlich Charlie auf Zehenspitzen nach oben und kroch in sein Bett. Er zerbrach sich den Kopf, warum sein Vater das Haus so spät noch verlassen hatte und wer die Fremden wohl sein mochten. Staunen und Furcht hielten ihn eine Weile wach. Es war ihm, als wäre eine altvertraute Photographie aus ihrem Rahmen getreten, um ihm vorzuhalten, sie nicht gebührend beachtet zu haben. Er erinnerte sich, wie sein Vater an seinem Kragen Halt gesucht, wie er sich hinter Sprichwörtern verschanzt hatte; und er sann zum ersten Mal darüber nach, daß, während seine Mutter gefühlsbetont und liebevoll war, sein Vater große Ähnlichkeit mit ihm selbst besaß, da auch er im Dunkeln Dinge tat, die ihm Furcht einflößten. Von Herzen gern wäre er jetzt zu ihm hinuntergeeilt, um ihm zu sagen, daß er ihn liebe, doch er hörte durch das Fenster, wie die Schritte rasch verhallten. Er war allein im Haus mit seiner Mutter, und bald darauf war er eingeschlafen.

The door was open. The door had to be kept open during study period, so there was no knock, and Roberts was startled when a voice he knew and hated said, "Hey, Roberts. Wanted in Van Ness's office." The voice was Hughes's.

"What for?" said Roberts.

"Why don't you go and find out what for, Dopey?" said Hughes.

"Phooey on you," said Roberts.

"Phooey on you," said Hughes, and left.

Roberts got up from the desk. He took off his eyeshade and put on a tie and coat. He left the light burning.

Van Ness's office, which was *en suite* with his bedroom, was on the ground floor of the dormitory, and on the way down Roberts wondered what he had done. It got so after a while, after going to so many schools, that you recognized the difference between being "wanted in Somebody's office" and "Somebody wants to see you." If a master wanted to see you on some minor matter, it didn't always mean that you had to go to his office; but if it was serious, they always said, "You're wanted in Somebody's office." That meant Somebody would be in his office, waiting for you, waiting specially for you. Roberts didn't know why this difference existed, but it did, all right. Well, all he could think of was that he had been smoking in the shower room, but Van Ness never paid much attention to that. Everybody smoked in the shower room, and Van Ness never did anything about it unless he just happened to catch you.

For minor offences Van Ness would speak to you when he made his rounds of the rooms during study period. He would walk slowly down the corridor, looking in at each room to see that the proper oc-

John O'Hara: Gefällt es Ihnen hier?

Die Tür stand offen. Sie mußte während der Studienzeit offen
bleiben, so daß Roberts kein Klopfen hörte und erschrak, als
eine ihm bekannte und unsympathische Stimme sagte: «Heh,
Roberts, du wirst von Van Ness im Amtszimmer erwartet.» Es
war die Stimme von Hughes.

«Wieso?» fragte Roberts.

«Warum gehst du nicht hin und fragst nach, du Blödmann?»
sagte Hughes.

«Du kannst mich», sagte Roberts.

«Du mich auch», sagte Hughes und verschwand.

Roberts stand von seinem Schreibpult auf. Er nahm seinen
Augenschirm ab, band sich eine Krawatte um und zog ein
Jackett an. Er ließ das Licht brennen.

Van Ness' Amtszimmer, das durch eine Tür mit seinem Schlaf-
raum verbunden war, lag im Erdgeschoß des Internatsgebäu-
des, und während Roberts hinunterging, fragte er sich, was er
wohl ausgefressen habe. Wenn man so viele Schulen wie er
besucht hatte, wußte man mit der Zeit zu unterscheiden, ob
man «zu jemand aufs Amtszimmer» gerufen wurde oder
ob «jemand einen sprechen» wollte. Wenn ein Lehrer einen
wegen einer Geringfügigkeit zu sprechen wünschte, war das
nicht immer gleichbedeutend mit einer Meldung auf seinem
Amtszimmer; lag jedoch etwas Ernstes vor, so ließ es immer:
«Du wirst von Soundso im Amtszimmer erwartet.» Das
besagte, daß sich Soundso in seinem Zimmer aufhielt und
eigens auf einen wartete. Roberts wußte nicht, warum dieser
Unterschied bestand, aber so war es nun einmal. Nun, alles was
ihm einfiel, war, daß er einmal im Duschraum geraucht hatte,
aber Van Ness machte davon nie viel Aufhebens. Alle rauchten
im Duschraum, und Van Ness unternahm nie etwas dagegen,
es sei denn, er erwischte einen zufällig.

Bei kleineren Übertretungen sprach Van Ness einen
gewöhnlich an, wenn er während der Studienzeit die Zimmer
inspizierte. Er ging langsam durch den Gang und sah in
jedes Zimmer hinein, ob der rechtmäßige Bewohner und nicht

cupant, and no one else, was there; and when he had something to bawl you out about, something unimportant, he would consult a list he carried, and he would stop in and bawl you out about it and tell you what punishment went with it. That was another detail that made the summons to the office a little scary.

Roberts knocked on Van Ness's half-open door and a voice said, "Come in."

Van Ness was sitting at his typewriter, which was on a small desk beside the large desk. He was in a swivel chair and when he saw Roberts he swung around, putting himself behind the large desk, like a damn judge.

He had his pipe in his mouth and he seemed to look over the steel rims of his spectacles. The light caught his Phi Beta Kappa key, which momentarily gleamed as though it had diamonds in it.

"Hughes said you wanted me to report here," said Roberts.

"I did," said Van Ness. He took his pipe out of his mouth and began slowly to knock the bowl empty as he repeated, "I did." He finished emptying his pipe before he again spoke. He took a long time about it, and Roberts, from his years of experience, recognized that as torture tactics. They always made you wait to scare you. It was sort of like the third degree. The horrible damn thing was that it always did scare you a little, even when you were used to it.

Van Ness leaned back in his chair and stared through his glasses at Roberts. He cleared his throat. "You can sit down," he said.

"Yes, sir," said Roberts. He sat down and again Van Ness made him wait.

"Roberts, you've been here now how long – five weeks?"

"A little over. About six."

"About six weeks," said Van Ness. "Since the

etwa sonst noch jemand darin saß; und wenn irgend ein Anpfiff fällig war – meist wegen einer Nichtigkeit – so sah er auf eine Liste, die er bei sich trug, trat kurz ein und stauchte einen zusammen, nicht ohne einem mitzuteilen, welche Strafe damit verknüpft war. Auch gegenüber dieser Besonderheit wirkte eine Vorladung aufs Amtszimmer ein bißchen furchterregend.

Roberts klopfte an Van Ness' halboffene Tür, und eine Stimme sagte: «Herein!»

Van Ness aß vor seiner Schreibmaschine, die auf einem Tischchen neben seinem großen Schreibtisch stand. Er saß in einem Drehstuhl und schwenkte, als er Roberts sah, herum, so daß er hinter dem großen Schreibtisch verteufelt genau wie ein Richter aussah.

Er hatte seine Pfeife im Mund und schien über den Nickelrand seiner Brille hinwegzublicken. Das Licht spielte mit seiner Phi-Beta-Kappa-Anstecknadel, die einen kurzen Moment aufblitzte, als wäre sie mit Edelsteinen besetzt.

«Hughes hat gesagt, ich soll mich bei Ihnen melden», sagte Roberts.

«Richtig», sagte Van Ness. Er nahm die Pfeife aus dem Mund und begann, sie langsam auszuklopfen, während er wiederholte: «Sehr richtig.» Er klopfte die Pfeife leer, ehe er weitersprach. Er ließ sich dabei viel Zeit, was Roberts aus jahrelanger Erfahrung als Zermürbungstaktik durchschaute. Sie machten das immer, um einen zu schrecken. Es war wie bei einem Folterverhör. Das Vertrackte daran war, daß es einen tatsächlich ein bißchen schreckte, auch wenn man daran gewöhnt war.

Van Ness lehnte sich in seinen Sessel zurück und fixierte Roberts durch seine Brillengläser. Er räusperte sich. «Sie können sich setzen», sagte er endlich.

«Jawohl, Sir», sagte Roberts. Er setzte sich, und wiederum ließ Van Ness ihn warten.

«Roberts, wie lange sind Sie jetzt eigentlich hier – fünf Wochen?»

«Ein bißchen drüber. Ungefähr sechs.»

«Ungefähr sechs Wochen», sagt Van Ness. «Seit dem sieb-

seventh of January. Six weeks. Strange. Strange. Six weeks, and I really don't know a thing about you. Not much, at any rate. Roberts, tell me a little about yourself."

"How do you mean, Mister?"

"How do I mean? Well – about your life, before you decided to honor us with your presence. Where you came from, what you did, why you went to so many schools, so on."

"Well, I don't know."

"Oh, now. Now, Roberts. Don't let your natural modesty overcome the autobiographical urge. Shut the door."

Roberts got up and closed the door.

"Good," said Van Ness. "Now, proceed with this – uh – dossier. Give me the – huh – huh – *lowdown* on Roberts, Humphrey, Second Form, McAllister Memorial Hall, et cetera."

Roberts, Humphrey, sat down and felt the knot of his tie.

"Well, I don't know. I was born at West Point, New York. My father was a first lieutenant then and he's a major now. My father and mother and I lived in a lot of places because he was in the Army and they transferred him. Is that the kind of stuff you want, Mister?"

"Proceed, proceed. I'll tell you when I want you to – uh – halt." Van Ness seemed to think that was funny, that "halt."

"Well, I didn't go to a regular school till I was ten. My mother got a divorce from my father and I went to school in San Francisco. I only stayed there a year because my mother got married again and we moved to Chicago, Illinois."

"Chicago, Illinois! Well, a little geography thrown in, eh, Roberts? Gratuitously. Thank you. Proceed."

"Well, so then we stayed there about two years and

ten Januar. Sechs Wochen. Sonderbar, sonderbar. Sechs Wochen, ohne daß ich eigentlich etwas über Sie weiß. Jedenfalls nicht viel. Roberts, erzählen Sie mir doch ein bißchen über sich selbst!»

«Wie meinen Sie das, bitte?»

«Wie ich das meine? Na ja – über Ihr Leben, bevor Sie sich entschlossen haben, uns mit Ihrer Gegenwart zu beehren. Woher Sie stammen, was Sie alles gemacht haben, warum Sie in so vielen Schulen herumgekommen sind, und so weiter.»

«Nun, ich weiß nicht so recht.»

«Aber bitte, Roberts. Lassen Sie nicht – bescheiden wie Sie sind – Ihren Mitteilungsdrang zu kurz kommen! Machen Sie mal die Tür zu!»

Roberts erhob sich und schloß die Tür.

«Gut», sagte Van Ness. «Und jetzt nehmen wir einmal diese – hm, Personalakte in Angriff. Geben Sie mir – hm, hm – einen Kurzbericht über Roberts, Vorname Humphrey, Klasse: Zwo, Schule: Mac Allister Memorial Hall, etc. pp.»

Roberts, Vorname Humphrey, setzte sich hin, er spürte den Krawattenknoten an seiner Kehle.

«Nun, ich weiß nicht. Ich bin in West Point, New York, geboren. Mein Vater war damals Oberleutnant, er ist jetzt Major. Mein Vater, meine Mutter und ich wohnten einmal da und einmal dort, weil er in der Armee war und dauernd versetzt wurde. Ist dies das Zeug, was Sie hören wollen?»

«Nur weiter, weiter! Bis ich ‹Abteilung halt!› rufe.» Es war Van Ness anzusehen, daß er dieses «Abteilung halt» für einen geglückten Witz hielt.

«Nun, bis zu meinem zehnten Lebensjahr gab es für mich keinen geregelten Schulbesuch. Dann ließ sich meine Mutter scheiden, und ich ging in San Francisco zur Schule. Aber ich blieb dort nur ein Jahr, weil meine Mutter sich wieder verheiratete und wir nach Chicago, Illinois, zogen.»

«Chicago, Illinois! Sieh einer an: ein bißchen Geographie als Dreingabe, wie, Roberts? Und das ganz unentgeltlich. Verbindlichsten Dank! Fahren Sie fort!»

«Nun, wir blieben dort ungefähr zwei Jahre und gingen

then we moved back East, and my stepfather is a certified public accountant and we moved around a lot."

"Peripatetic, eh, Roberts?"

"I guess so. I don't exactly know what that means." Roberts paused.

"Go on, go on."

"Well, so I just went to a lot of schools, some day and some boarding. All that's written down on my application blank here. I had to put it all down on account of my credits."

"Correct. A very imposing list it is, too, Roberts, a very imposing list. Ah, to travel as you have. Switzerland. How I've regretted not having gone to school in Switzerland. Did you like it there?"

"I was only there about three months. I liked it all right, I guess."

"And do you like it here, Roberts?"

"Sure."

"You do? You're sure of that? You wouldn't want to change anything?"

"Oh, I wouldn't say that, not about any school."

"Indeed," said Van Ness. "With your vast experience, naturally you would be quite an authority on matters educational. I suppose you have many theories as to the strength and weaknesses inherent in the modern educational systems."

"I don't know. I just – I don't know. Some schools are better than others. At least I like some better than others."

"Of course. Of course." Van Ness seemed to be thinking about something. He leaned back in his swivel chair and gazed at the ceiling. He put his hands in his pants pockets and then suddenly he leaned forward. The chair came down and Van Ness's belly was hard against the desk and his arm was stretched out on the desk, full length, fist closed.

"Roberts! Did you ever see this before? Answer

dann wieder an die Ostküste zurück. Mein Stiefvater ist Wirtschaftsprüfer, und wir zogen von einem Ort zum anderen.»

«Ziemlich peripatetisch, nicht wahr, Roberts?»

«Das kann schon sein. Obwohl ich nicht genau weiß, was das bedeutet», sagte Roberts und machte eine Pause.

«Nur weiter, immer weiter!»

«Nun, ich besuchte auf diese Weise eine ganze Menge Schulen, teils Tagesschulen, teils Internate. Das alles steht auf meinem Anmeldungsformular für hier. Ich mußte das alles angeben, wegen der Umrechnung meiner Leistungen.»

«Richtig. Ist ja auch eine sehr eindrucksvolle Liste, Roberts, höchst eindrucksvoll. Ah, einmal so zu reisen wie Sie! Wie habe ich es immer bedauert, daß ich nicht in der Schweiz zur Schule gegangen bin! Hat es Ihnen dort gefallen?»

«Es war nur etwa ein Vierteljahr. Es hat mir eigentlich ganz gut gefallen.»

«Und gefällt es Ihnen hier, Roberts?»

«O ja.»

«Wirklich? Sind Sie sicher? Würden Sie nichts daran ändern wollen?»

«Oh, das kann man nicht sagen – von keiner Schule.»

«Freilich», sagte Van Ness. «Mit Ihrer großen Erfahrung wären Sie natürlich eine echte Autorität in Bildungsfragen. Wie ich mir vorstellen kann, haben Sie viele Theorien hinsichtlich der Stärken und Schwächen, die den modernen Bildungssystemen eigen sind.»

«Ich weiß nicht. Ich möchte – ich weiß nicht. Einige Schulen sind besser als andere. Wenigstens nach meinem Geschmack besser.»

«Ganz recht, ganz recht!» Van Ness schien über etwas nachzudenken. Er lehnte sich in seinen Drehsessel zurück und hielt den Blick auf die Decke gerichtet. Er steckte seine Hände in die Hosentaschen und beugte sich dann plötzlich vor. Der Stuhl kippte nach vorn, und Van Ness streckte, den Bauch hart gegen die Tischkante gepreßt, seinen Arm in voller Länge und mit geschlossener Faust über den Schreibtisch.

«Roberts! Haben Sie das hier schon einmal gesehen? Ant-

me!" Van Ness's voice was hard. He opened his fist, and in it was a wristwatch.

Robert looked down at the watch. "No, I don't think so," he said. He was glad to be able to say it truthfully.

Van Ness continued to hold out his hand, with the wristwatch lying in the palm. He held out his hand a long time, fifteen seconds at least, without saying anything. Then he turned his hand over and allowed the watch to slip onto the desk. He resumed his normal position in the chair. He picked up his pipe, slowly filled it, and lit it. He shook the match back and forth long after the flame had gone. He swung around a little in his chair and looked at the wall, away from Roberts. "As a boy I spent six years at this school. My brothers, my two brothers, went to this school. My father went to this school. I have a deep and abiding and lasting affection for this school. I have been a member of the faculty of this school for more than a decade. I like to think that I am part of this school, that in some small measure I have assisted in its progress. I like to think of it as more than a mere steppingstone to higher education. At this very moment there are in this school the sons of men who were my classmates. I have not been without my opportunities to take a post at this and that college or university, but I choose to remain here. Why? Why? Because I love this place. I love this place, Roberts. I cherish its traditions. I cherish its good name." He paused, and turned to Roberts. "Roberts, there is no room here for a thief!"

Roberts did not speak.

"There is no room here for a thief, I said!"

"Yes, sir."

Van Ness picked up the watch without looking at it. He held it a few inches above the desk. "This miserable watch was stolen last Friday afternoon, more than likely during the basketball game. As soon

worten Sie!» Van Ness' Stimme war scharf. Er öffnete die Faust, eine Armbanduhr war darin.

Roberts sah auf die Uhr herab. «Nein, ich glaube nicht», sagte er. Er war froh, daß er so wahrheitsgemäß Auskunft geben konnte.

Van Ness ließ die Hand, auf der die Uhr lag, flach ausgestreckt. Er hielt sie lange ausgestreckt, mindestens fünfzehn Sekunden lang, ohne etwas zu sagen. Dann drehte er die Hand um und ließ die Uhr auf die Tischplatte fallen. Er nahm seine vorige Sitzhaltung wieder ein, griff nach seiner Pfeife, stopfte sie langsam und zündete sie an. Er schüttelte das Streichholz lange hin und her, nachdem es schon erloschen war. Dann gab er seinem Stuhl eine kleine Drehung und sah an Roberts vorbei zur Wand. «Als Junge verbrachte ich sechs Jahre an dieser Schule. Meine Brüder, meine beiden Brüder, gingen in diese Schule. Mein Vater ging in diese Schule. Ich hege für diese Schule eine tiefe, anhängliche und unwandelbare Zuneigung. Seit über zehn Jahren gehöre ich zum Lehrkörper dieser Schule.

Ich möchte meinen, daß ich ein Teil dieser Schule bin, daß ich einen gewissen Beitrag zu ihrer Entwicklung geleistet habe. Ich möchte meinen, daß sie mehr ist als bloß eine Trittleiter zur höheren Bildung. Gegenwärtig sind an dieser Schule die Söhne von Männern, die meine Klassenkameraden waren. Ich hatte durchaus lockende Angebote, an einem College oder einer Universität zu unterrichten, aber ich bleibe lieber hier. Warum? Ja warum? Weil ich diese Stätte liebe. Ich liebe diese Stätte, Roberts. Mir liegt etwas an ihrer Tradition, an ihrem guten Namen.» Er hielt inne und wandte sich Roberts zu. «Roberts, für einen Dieb ist hier kein Platz!»

Roberts sagte kein Wort.

«‹Für einen Dieb ist hier kein Platz›, hab ich gesagt.»

«Jawohl, Sir.»

Van Ness hob die Uhr auf, ohne sie anzusehen. Er hielt sie eine Handbreit über den Tisch. «Diese minderwertige Uhr wurde vorigen Freitag nachmittag gestohlen, höchstwahrscheinlich während des Basketballspieles. Sobald mir der

as the theft was reported to me I immediately instituted a search for it. My search was unsuccessful. Sometime Monday afternoon the watch was put here, here in my rooms. When I returned here after classes Monday afternoon, this watch was lying on my desk. Why? Because the contemptible rat who stole it knew that I had instituted the search, and like the rat he is, he turned yellow and returned the watch to me. Whoever it is, he kept an entire dormitory under a loathsome suspicion. I say to you, I do not know who stole this watch, or who returned it to my rooms. But by God, Roberts, I'm going to find out, if it's the last thing I do. If it's the last thing I do. That's all, Roberts. You may go." Van Ness sat back, almost breathless.

Roberts stood up. "I give you my word of honor, I —"

"I said you may go!" said Van Ness.

Roberts was not sure whether to leave the door open or to close it, but he did not ask. He left it open.

He went up the stairs to his room. He went in and took off his coat and tie, and sat on the bed. Over and over again, first violently, then weakly, he said it, "The bastard, the dirty bastard."

Diebstahl gemeldet wurde, leitete ich sofort eine Suchaktion ein. Sie war erfolglos. Irgendwann am Montag nachmittag wurde die Uhr hierher gebracht, hier auf mein Zimmer. Als ich am Montag nachmittag nach dem Unterricht hierher zurückkehrte, lag diese Uhr auf meinem Schreibtisch. Wieso? Weil der feige Dreckskerl, der sie geklaut hat, wußte, daß ich nach ihr suchen ließ. Feig wie er ist, bekam er Schiß und gab sie an mich zurück. Wer immer es sein mag, er brachte das ganze Internat in einen schändlichen Verdacht. Ich gebe offen zu, daß ich nicht weiß, wer diese Uhr gestohlen oder wer sie in mein Zimmer gebracht hat. Aber bei Gott, Roberts, ich bringe es heraus, und wenn es mich den Kopf kostet, jawohl, wenn es mich den Kopf kostet. Das ist alles, Roberts. Sie können gehen.» Van Ness lehnte sich schwer atmend zurück.

Roberts stand auf. «Ich gebe Ihnen mein Ehrenwort, ich –»

«Ich habe gesagt, Sie können gehen!»

Roberts war sich nicht sicher, ob er die Tür offen lassen oder sie zumachen sollte, aber er fragte nicht. Er ließ sie offen.

Er ging die Treppe hinauf zu seinem Zimmer. Er trat ein, legte Jackett und Krawatte ab und setzte sich aufs Bett. Immer wieder, zuerst heftig, dann immer leiser werdend, sprach er es aus: «Der Schweinehund, der dreckige Schweinehund!»

"Two ham and tongue, two teas, please, Miss!"

"Yessir."

The waitress retreated, noticing as she did so that the clock stood at six. "Two ham and tongue, two teas," she called down the speaking-tube. The order was repeated.

She put down the tube, seemed satisfied, even bored, and patted the white frilled cap that kept her black hair in place. Then she stood still, hand on hip, pensively watching the door. The door opened and shut.

She thought: "Them two again!"

Wriggling herself upright she went across and stood by the middle-aged men. One smiled and the other said: "Usual."

Down the tube went her monotonous message: "One ham, one tongue, two teas."

Her hand went to her hip again, and she gazed at the clock. Five past! – time was hanging, she thought. Her face grew pensive again. The first order came on the lift, and the voice up the tube: "Two 'am an 'tongue, two teas!"

"Right." She took the tray and deposited it with a man and woman at a corner-table. On returning she was idle again, her eye still on the door. Her ear detected the sound of a bronchial wheeze on the floor above, the angry voice of a customer in the next section, and the rumble of the lift coming up. But she watched the door until the last possible second. The tray slid into her hand almost without her knowing it and the nasal voice into her ears: "One 'am, one tongue, two teas!"

"Right."

The middle-aged customers smiled; one nudged the other when she failed to acknowledge that salute, and chirped: "Bright today, ain't you?"

«Zweimal Schinken und Zunge, und zwei Tee, bitte, Fräulein!»

«Ja, Sir.»

Das Serviermädchen entfernte sich und bemerkte dabei, daß die Uhr auf sechs stand. «Zwei Schinken und Zunge, zwei Tee», rief sie durch die Sprechverbindung hinunter. Unten wurde die Bestellung wiederholt. Sie legte den Hörer auf, offensichtlich zufrieden, fast gelangweilt, und rückte das weiße, mit Rüschen verzierte Häubchen zurecht, das ihre dunklen Haare in Zaum hielt. Dann stand sie reglos da, Hand auf der Hüfte, den Blick nachdenklich auf den Eingang gerichtet. Die Tür ging auf und wieder zu.

«Aha, die beiden wieder!» dachte sie.

Sich aufrichtend, ging sie hinüber und blieb vor zwei Männern mittleren Alters stehen. Der eine lächelte, und der andere sagte: «Wie immer.»

Hinunter ging ihre eintönige Meldung: «Ein Schinken, eine Zunge, zwei Tee.»

Während ihre Hand zur Hüfte zurückfand, blickte sie auf die Uhr. Fünf nach sechs! – Die Zeit schien stillzustehen. Ihre Miene wurde wieder nachdenklich. Die erste Bestellung kam mit dem Aufzug herauf, dazu eine Stimme über die Sprechverbindung: «Zwei Schinken und Zunge, zwei Tee.»

«Richtig!» Sie nahm das Tablett und stellte es bei einem Mann und einer Frau ab, die an einem Ecktisch saßen. An ihren Platz zurückgekehrt, wartete sie von neuem unbeschäftigt, den Blick noch immer auf der Tür. Ihr Ohr vernahm ein asthmatisches Keuchen auf dem oberen Stockwerk, die zornige Stimme eines Gastes von nebenan und das Gepolter des heraufkommenden Aufzuges. Aber sie beobachtete die Tür bis zur letztmöglichen Sekunde. Das Tablett glitt ihr in die Hand, kaum daß sie davon Kenntnis nahm, und die näselnde Stimme erreichte ihr Ohr: «Ein Schinken, eine Zunge, zwei Tee.»

«Richtig!»

Die beiden Gäste mittleren Alters feixten; der eine boxte den andern in die Rippen, als sie auf diese Art von Begrüßung nicht einging, und flötete: «Gut gelaunt heute, eh?»

She turned her back on him.

"Been brighter," she said, without smiling.

She was tired. When she leant against the head of the lift she shut her eyes, then remembered and opened them again to resume her watch on the door and clock. The man in the corner smacked his lips, drank with his mouth full and nearly choked. A girl in another corner laughed, not at the choking man but at her companion looking cross-eyed. The cash-register "tinked" sharply. Someone went out: nothing but fog came in, making everyone shiver at once. The man in the corner whistled three or four notes to show his discomfort, remembered himself, and began to eat ham.

The girl noticed these things mechanically, not troubling to show her disgust. Her eye remained on the door. A customer came in, an uninteresting working girl who stared, hesitated, then went and sat out of the dark girl's section. The dark girl noticed it mechanically.

The manageress came: tall, darkly dressed, with long sleeves, like a manageress.

"Have you had your tea, Miss Palmer?" she asked.

"No."

"Would you like it?"

"No, thank you."

"No? Why not?"

"It's my night off. I'm due out at half-past."

She walked away, took an order, answered a call for "Bill!" and found that the order got mixed with the bill, and that the figures wouldn't add. It seemed years before the "tink" of the register put an end to confusion.

The customer went out: fog blew in: people shivered. The couple in the corner sipped their tea, making little storms in their tea-cups.

She put her head against the lift. The clock showed a quarter past: another quarter of an hour! She was

Sie kehrte ihm den Rücken zu.

«Schon mal besser gewesen», sagte sie, ohne zu lächeln.

Sie war müde. Als sie sich gegen den Liftschacht lehnte, fielen ihr die Augen zu, doch gleich kam sie zu sich und machte sie wieder auf, um Tür und Uhr im Blick zu behalten. Der Mann in der Ecke schmatzte mit den Lippen, trank mit vollem Mund und verschluckte sich. Ein Mädchen in einer anderen Ecke lachte, nicht über den Mann, der halb erstickte, sondern über ihren Begleiter, der die Augen verdrehte. Die Registrierkasse gab ein hartes «klink» von sich. Jemand ging hinaus; herein kam nur Nebel, der alle Gäste augenblicklich frösteln ließ. Der Mann in der Ecke pfiff angewidert ein paar Töne vor sich hin, besann sich dann, wo er war, und machte sich über seinen Schinken her.

Das Mädchen bemerkte diese Dinge mechanisch, ohne ihren Widerwillen zu zeigen. Ihr Blick verblieb auf der Tür. Ein neuer Gast trat ein: ein unscheinbares Fabrikmädchen, das sich erstaunt umblickte, zögerte, dann weiterging und außerhalb des Reviers Platz nahm, in dem die Dunkelhaarige bediente. Sie nahm nur mechanisch davon Kenntnis.

Die Geschäftsführerin kam: hochgewachsen, im dunklen Kleid mit langen Ärmeln, jeder Zoll eine Chefin.

«Haben Sie Ihren Tee gehabt, Miss Palmer?» fragte sie.

«Nein.»

«Möchten Sie ihn jetzt?»

«Nein, danke.»

«Nein? Warum nicht?»

«Ich habe heute abend frei, bin halb sieben fertig.»

Sie ging weiter, nahm eine Bestellung entgegen, ließ sich zu einem Gast rufen, der bezahlen wollte, und stellte fest, daß Bestellung und Rechnung vertauscht waren und die Zahlen nicht stimmten. Es dauerte eine Ewigkeit, bis das «klink» der Registrierkasse der Verwirrung ein Ende machte. Der Gast ging hinaus, Nebel wehte herein, die Leute fröstelten. Der Mann und die Frau in der Ecke nippten an ihrem Tee und bliesen auf Teufel komm raus in ihre Teetassen.

Sie lehnte den Kopf gegen den Aufzug. Auf der Uhr war es Viertel nach. Also noch eine Viertelstunde! Sie hatte

hungry. As if in consequence her brain seemed doubly sharp and she kept thinking: "My night out. Wednesday. Wednesday. He said Wednesday! He said –"

"Bill! Bill!"

She went about mechanically, listened mechanically, executed mechanically. A difficult bill nearly sent her mad, but she wrote mechanically, cleared away dirty platter, brushed off crumbs – all mechanically. Now and then she watched the clock. Five minutes more! Would he come? Would he? Had he said Wednesday?

The waitress from the next section, a fair girl, came and said:

"Swap me your night, Lil? Got a flame comin' in. I couldn't get across to tell you before. A real flame – strite he is – nice, quiet, 'andsome. Be a dear? You don't care?"

The dark girl stared. What was this! She couldn't! Not she! The clock showed three minutes to go. She couldn't!

"Nothing doing," she said and walked away.

Everyone was eating contentedly. In the shadow near the lift she pulled out his note and read: "I will come for you, Wednesday evening, 6."

Six! Then, he was late! Six! Why should she think half-past? She shut her eyes. Then he wasn't coming!

A clock outside struck the half hour. She waited five minutes before passing down the room, more mechanically than ever. Why hadn't he come? Why hadn't he come?

The fair girl met her. "Be a dear?" she pleaded. "Swap me your night. He's a real flame – 'struth he is, nice, quiet!"

Thirty-five minutes late! The dark girl watched the door. No sign! It was all over.

"Right-o," she said.

Hunger. Wahrscheinlich deswegen war ihr Gehirn ganz besonders wach, und sie dachte pausenlos: «Mein freier Abend. Mittwoch, ja Mittwoch. Mittwoch, hat er gesagt! Er hat doch gesagt –»

«Zahlen, bitte!»

Sie lief mechanisch hierhin und dorthin, hörte mechanisch zu, fertigte mechanisch ab. Eine verzwickte Rechnung machte sie halb verrückt, aber ob sie schrieb, schmutziges Geschirr abräumte oder Krümel von den Tischen fegte – es geschah alles mechanisch. Hin und wieder sah sie auf die Uhr. Wieder fünf Minuten vorbei! Würde er kommen? Würde er? Hatte er auch Mittwoch gesagt?

Die Bedienung vom Nachbarrevier, ein blondes Mädchen, kam und sagte:

«Tauschst du mit mir den freien Abend, Lil? Ich erwarte meinen Schatz. Ich konnte nicht rüberkommen, um es dir früher zu sagen. Ein richtiger Schatz: anständig, nett, solid, gut aussehend. Tust du's? Es macht dir doch nichts aus?»

Die Dunkelhaarige riß die Augen auf. Hatte sie recht gehört? Nein, das konnte sie nicht. Auf der Uhr fehlten noch drei Minuten. Sie konnte es doch nicht!

«Tut mir leid, geht nicht», sagte sie und ging weiter.

Die Gäste speisten mit Behagen. Im Halbdunkel neben dem Lift zog sie seinen Brief hervor und las: «Ich hol dich ab, Mittwoch abend, punkt 6.»

Sechs Uhr! Dann war er ja verspätet! Sechs! Wie kam sie nur auf halb sieben? Sie schloß die Augen. Dann kam er also nicht!

Die Turmuhr draußen schlug die halbe Stunde. Sie wartete noch fünf Minuten, bevor sie sich in Bewegung setzte, noch mechanischer als vorher. Warum war er nicht gekommen? Warum war er nicht gekommen?

Die Blonde kam ihr entgegen. «Tust du mir den Gefallen?» bettelte sie. «Tausch mit mir den freien Abend! Er ist ein richtiger Schatz – er ist es wirklich, so nett, so solid!»

Fünfunddreißig Minuten Verspätung! Das dunkelhaarige Mädchen beobachtete die Tür. Kein Anzeichen. Es war aus.

«Einverstanden», sagte sie.

She sent another order down. The door opened often now, the fog was thicker, she moved busily. She thought of him when a man ordered a brandy and spilt it over her hand because his own shivered with cold. He wasn't like that, she thought, as she sucked her fingers dry.

For the first time in five minutes she looked at the door. She felt her heart leap.

He had come at last. Yes, there he was. He was talking to the fair girl. The little doll was close to him. Yes, there he was, nice, quiet, handsome. Their voices crept across to her.

"Two seats? two seats?" she heard.

"Yes."

"Oh! I say! And supper?"

"Of course. And supper."

The dark girl could not move as they went out.

The door shut hard. "Two seats?" "And supper?" "Nice, quiet, 'andsome." The dark girl dreamed on.

"Miss! Miss!"

She obeyed. She was sad, hungry, tired.

"Yessir?" They were middle-aged men again!

"Two teas, two tongues," said one.

"Two seats and supper?" she whispered.

"Whaaat? Two teas! two tongues! Can't you hear?"

"Yessir. Two teas, two tongues. Thank you, sir." She moved slowly away.

"You can never make these blooming gals understand," said one man to the other.

Sie meldete eine weitere Bestellung nach unten. Die Tür öffnete sich jetzt öfter, der Nebel war noch dichter, sie hatte alle Hände voll zu tun. Sie dachte an ihn, als ein Mann einen Schnaps bestellte und ihn über ihrer Hand verschüttete, weil die seine vor Kälte zitterte. Da war er schon ein anderer Kerl, dachte sie, während sie ihre Finger ableckte.

Zum ersten Mal seit fünf Minuten sah sie zur Tür. Da tat ihr Herz einen Sprung.

Er war endlich gekommen. Ja, er war da. Er sprach mit dem blonden Mädchen. Das Puppengesicht drängte sich an ihn heran. Ja, da stand er, nett, solid, gut aussehend. Ihre Stimmen drangen bis zu ihr herüber.

«Zwei Plätze? Zwei Plätze?»

«Ja.»

«Oh toll! Und danach zum Essen?»

«Natürlich. Danach zum Essen.»

Die Dunkle konnte kein Glied rühren, während sie hinausgingen.

Die Tür schlug zu. «Zwei Plätze?» «Danach zum Essen?» «Nett, solid, gut aussehend.» Sie hörte es wie im Traum.

«Hallo, Fräulein!»

Sie folgte dem Ruf. Sie war traurig, hungrig, müde.

«Ja, Sir?» Wieder waren es Herren im mittleren Alter!

«Zwei Tee und zweimal Zunge», sagte der eine.

«Zwei Plätze und danach zum Essen», flüsterte sie.

«Was? Zwei Tee, hab ich gesagt. Und zweimal Zunge! Hören Sie nicht?»

«Ja, Sir. Zwei Tee und zweimal Zunge. Danke, Sir.»

Sie ging langsam weiter.

«Die verflixten Dinger sind doch nie bei der Sache», sagte der eine Mann zum anderen.

On the afternoon Marian took her second driver's test, Mrs Ericson went with her. "It's probably better to have someone a little older with you," Mrs Ericson said as Marian slipped into the driver's seat beside her. "Perhaps the last time your Cousin Bill made you nervous, talking too much on the way."

"Yes, Ma'am," Marian said in her soft unaccented voice. "They probably do like it better if a white person shows up with you."

"Oh, I don't think it's *that*," Mrs Ericson began, and subsided after a glance at the girl's set profile. Marian drove the car slowly through the shady suburban streets. It was one of the first hot days in June, and when they reached the boulevard they found it crowded with cars headed for the beaches.

"Do you want me to drive?" Mrs Ericson asked. "I'll be glad to if you're feeling jumpy." Marian shook her head. Mrs Ericson watched her dark, competent hands and wondered for the thousandth time how the house had ever managed to get along without her, or how she had lived through those earlier years when her household had been presided over by a series of slatternly white girls who had considered housework demeaning and the care of children an added insult. "You drive beautifully, Marian," she said. "Now, don't think of the last time. Anybody would slide on a steep hill on a wet day like that."

"It takes four mistakes to flunk you," Marian said. "I don't remember doing all the things the inspector marked down on my blank."

"People say that they only want you to slip them a little something," Mrs Ericson said doubtfully.

"*No*," Marian said. "That would only make it worse, Mrs Ericson, I know."

An dem Nachmittag, als sich Marian zum zweiten Mal der Führerscheinprüfung unterzog, ging Mrs Ericson mit ihr hin. «Es ist wahrscheinlich besser, Sie haben jemand dabei, der etwas älter ist als Sie», sagte Mrs Ericson, während Marian sich neben sie auf den Fahrersitz setzte. «Vielleicht hat Sie letztes Mal Ihr Vetter Bill nervös gemacht, mit seinem ewigen Gerede während der Fahrt.»

«Ja, Madam», sagte Marian mit ihrer sanften, gleichmäßigen Stimme. «Man hat es wahrscheinlich lieber, wenn eine weiße Person mitkommt.»

«Oh, das habe ich nicht so gemeint», begann Mrs Ericson und verstummte nach einem flüchtigen Blick auf das unbewegte Profil des Mädchens. Marian steuerte den Wagen langsam durch die schattigen Vorstadtstraßen. Es war einer der ersten heißen Junitage, und als sie den Boulevard erreichten, fanden sie ihn von Autos verstopft, die zu den Strandbädern unterwegs waren.

«Möchten Sie lieber mich fahren lassen?» fragte Mrs Ericson. «Ich tue es gern, wenn Sie sich kribbelig fühlen.» Marian schüttelte den Kopf. Mrs Ericson beobachtete ihre dunklen, geschickten Hände und wunderte sich zum tausendsten Mal, wie ihre Familie je ohne sie ausgekommen war, und wie sie selbst jene frühen Jahre überstanden hatte, als ihr Haushalt von einem schlampigen weißen Mädchen nach dem anderen geführt worden war, die alle Hausarbeit als Erniedrigung und Kinderpflege als zusätzliche Zumutung betrachtet hatten. «Sie fahren prächtig, Marian», sagte sie. «Denken Sie jetzt nicht an letztes Mal! Jeder kann ins Rutschen kommen, auf einer so steilen Strecke und an einem regnerischen Tag wie damals.»

«Man muß vier Fehler machen, um durchzufallen», sagte Marian. «Ich kann mich nicht erinnern, alles getan zu haben, was der Inspektor auf meinem Formular angekreuzt hat.»

«Es heißt, sie seien nur darauf aus, daß man ihnen eine Kleinigkeit zusteckt», meinte Mrs Ericson unsicher.

«Nein», sagte Marian. «Das würde es nur verschlimmern, Mrs Ericson. Ich weiß Bescheid.»

The car turned right, at a traffic signal, into a side road and slid up to the curb at the rear of a short line of parked cars. The inspectors had not arrived yet.

"You have the papers?" Mrs Ericson asked. Marian took them out of her bag: her learner's permit, the car registration, and her birth certificate. They settled down to the dreary business of waiting.

"It will be marvellous to have someone dependable to drive the children to school every day," Mrs Ericson said.

Marian looked up from the list of driving requirements she had been studying. "It'll make things simpler at the house, won't it?" she said.

"Oh, Marian," Mrs Ericson exclaimed, "if I could only pay you half of what you're worth!"

"Now, Mrs Ericson," Marian said firmly. They looked at each other and smiled with affection.

Two cars with official insignia on their doors stopped across the street. The inspectors leaped out, very brisk and military in their neat uniforms. Marian's hands tightened on the wheel. "There's the one who flunked me last time," she whispered, pointing to a stocky, self-important man who had begun to shout directions at the driver at the head of the line. "Oh, Mrs Ericson."

"Now, Marian," Mrs Ericson said. They smiled at each other again, rather weakly.

The inspector who finally reached their car was not the stocky one but a genial, middle-aged man who grinned broadly as he thumbed over their papers. Mrs Ericson started to get out of the car. "Don't you want to come along?" the inspector asked. "Mandy and I don't mind company."

Mrs Ericson was bewildered for a moment. "No," she said, and stepped to the curb. "I might make Marian self-conscious. She's a fine driver, In-spector."

Der Wagen bog bei einem Verkehrszeichen nach rechts in eine Seitenstraße und hielt dicht am Randstein hinter einer kurzen Schlange parkender Autos. Die Inspektoren waren noch nicht eingetroffen.

«Haben Sie die Papiere?» fragte Mrs Ericson. Marian nahm sie aus ihrer Handtasche: Lernführerschein, Kraftfahrzeugschein, Geburtsurkunde. Dann überließen sie sich dem eintönigen Geschäft des Wartens.

«Wie herrlich, wenn mir jemand, auf den ich mich verlassen kann, die Kinder täglich zur Schule fährt!» schwärmte Mrs Ericson.

Marian sah von den Fahrtauglichkeitsregeln auf, die sie gerade studierte. «Es wird so manches einfacher im Haus, nicht wahr?» sagte sie.

«Oh, Marian», rief Mrs Ericson aus, «könnte ich Ihnen nur halb so viel zahlen wie Sie wert sind!»

«Aber bitte, Mrs Ericson», sagte Marian entschieden. Sie blickten sich freundschaftlich lächelnd an.

Zwei Autos mit dem behördlichen Kennzeichen auf den Türen hielten auf der anderen Straßenseite. Die Inspektoren sprangen heraus, sehr forsch und militärisch in ihren kleidsamen Uniformen. Marians Hände krampften sich um das Steuerrad. «Der da drüben hat mich letztes Mal durchfallen lassen», flüsterte sie und deutete auf einen bulligen, wichtigtuerischen Mann, der nun dem Fahrer im ersten Wagen der Schlange Anweisungen zurief. «Oh, Mrs Ericson!»

«Nur Mut, Marian», sagte Mrs Ericson. Wieder lächelten sie sich zu, diesmal ein bißchen bang.

Der Inspektor, der endlich zu ihrem Wagen herüber kam, war nicht der bullige, sondern ein freundlicher Mann mittleren Alters, der breit schmunzelte, während er ihre Papiere durchblätterte. Mrs Ericson machte Anstalten, auszusteigen. «Wollen Sie nicht mitkommen», fragte der Inspektor, «Mandy und ich haben nichts gegen Gesellschaft».

Mrs Ericson war einen Augenblick verdutzt. «Nein», sagte sie und trat auf den Randstein. «Meine Anwesenheit könnte Marian unsicher machen. Sie ist eine tüchtige Fahrerin, Herr Inspektor.»

"Sure thing," the inspector said, winking at Mrs Ericson. He slid into the seat beside Marian. "Turn right at the corner, Mandy-Lou."

From the curb, Mrs Ericson watched the car move smoothly up the street.

The inspector made notations in a small black book. "Age?" he inquired presently, as they drove along.

"Twenty-seven."

He looked at Marian out of the corner of his eye. "Old enough to have quite a flock of pickaninnies, eh?"

Marian did not answer.

"Left at this corner," the inspector said, "and park between that truck and the green Buick."

The two cars were very close together, but Marian squeezed in between them without too much maneuvering. "Driven before, Mandy-Lou?" the inspector asked.

"Yes, sir. I had a license for three years in Pennsylvania."

"Why do you want to drive a car?"

"My employer needs me to take her children to and from school."

"Sure you don't really want to sneak out nights to meet some young blood?" the inspector asked. He laughed as Marian shook her head.

"Let's see you take a left at the corner and then turn around in the middle of the next block," the inspector said. He began to whistle "Swanee River." "Make you homesick?" he asked.

Marian put out her hand, swung around neatly in the street, and headed back in the direction from which they had come. "No," she said. "I was born in Scranton, Pennsylvania."

The inspector feigned astonishment. "You-all ain't Southern?" he said. "Well, dog my cats if I didn't think you-all came from down yondah."

«Ist doch klar», sagte der Inspektor und blinzelte Mrs Ericson zu. Er ließ sich auf den Beifahrersitz sinken. «An der Ecke rechts, Mandy-Lou!»

Vom Randstein aus beobachtete Mrs Ericson, wie der Wagen in leiser Fahrt die Straße hinaufglitt.

Der Inspektor machte sich auf einem kleinen schwarzen Block Notizen. «Wie alt?» fragte er, kaum daß das Auto in Fahrt war.

«Siebenundzwanzig.»

Er musterte Marian mit einem Blick aus dem Augenwinkel. «Eigentlich alt genug, um jede Menge kleine Bälger zu haben, stimmt's?»

Marian gab keine Antwort.

«Nächste Ecke links!» sagte der Inspektor, «und zwischen dem Lastwagen und dem grünen Buick einparken!»

Die beiden Fahrzeuge standen dicht hintereinander, doch Marian zwängte sich, ohne viel zu manövrieren, in die Lücke. «Schon früher mal gefahren, Mandy-Lou?» fragte der Inspektor.

«Ja, Sir. Ich hatte drei Jahre lang eine Fahrerlaubnis in Pennsylvanien.»

«Wozu willst du Auto fahren?»

«Meine Dienstherrin möchte, daß ich ihre Kinder zur Schule fahre und wieder abhole.»

«Willst du nicht eher abends verduften, um dich mit 'nem Kerl zu treffen?» fragte der Inspektor. Er lachte, als Marian den Kopf schüttelte.

«An der Ecke mal schön nach links biegen und dann an der Mitte vom nächsten Häuserblock wenden!» sagte der Inspektor. Er begann, «Swanee River» zu pfeifen. «Kriegste Heimweh, wenn du das hörst?» fragte er.

Marian streckte die Hand aus dem Fenster, machte eine saubere Kehrtwendung und fuhr die Richtung zurück, aus der sie gekommen war. «Nein», sagte sie. «Ich bin in Scranton, Pennsylvanien, geboren.»

Der Inspektor tat erstaunt. «Was, du nicht vom Süden?» sagte er. «Ich hätte einen Besen gefressen, daß du von dort unten bist.»

"No, sir," Marian said.

"Turn onto Main Street and let's see how you-all does in heavier traffic."

They followed a line of cars along Main Street for several blocks until they came in sight of a concrete bridge which arched high over the railroad tracks.

"Read that sign at the end of the bridge," the inspector said.

"'Proceed with caution. Dangerous in slippery weather,'" Marian said.

"You-all sho can read fine," the inspector exclaimed. "Where d'you learn to do that, Mandy?"

"I got my college degree last year," Marian said. Her voice was not quite steady.

As the car crept up the slope of the bridge the inspector burst out laughing. He laughed so hard he could scarcely give his next direction. "Stop here," he said, wiping his eyes, "then start 'er up again. Mandy got her degree, did she? Dog my cats!"

Marian pulled up beside the curb. She put the car in neutral, pulled on the emergency, waited a moment, and then put the car into gear again. Her face was set. As she released the brake her foot slipped off the clutch pedal and the engine stalled.

"Now, Mistress Mandy," the inspector said, "remember your degree."

"*Damn* you!" Marian cried. She started the car with a jerk.

The inspector lost his joviality in an instant. "Return to the starting place, please," he said, and made four very black crosses at random in the squares on Marian's application blank.

Mrs Ericson was waiting at the curb where they had left her. As Marian stopped the car, the inspector jumped out and brushed past her, his face purple. "What happened?" Mrs Ericson asked, looked after him with alarm.

«Nein, Sir», sagte Marian.

«Bieg in die Hauptstraße! Wolln mal sehen, wie du bei dichterem Verkehr zurechtkommst.»

Sie folgten auf der Hauptstraße einer Schlange von Autos, bis sie nach mehreren Häuserblöcken eine Betonbrücke sahen, die sich hoch über die Eisenbahngeleise wölbte.

«Lies das Verkehrszeichen am Ende der Brücke», sagte der Inspektor.

«‹Vorsicht! Bei Nässe Schleudergefahr›», sagte Marian.

«Du liest ja prima», rief der Inspektor. «Wo hast du denn das gelernt, Mandy?»

«Ich habe voriges Jahr am College meinen Magister gemacht», sagte Marian. Ihre Stimme war etwas unsicher geworden.

Als der Wagen die Steigung der Brücke hinaufkroch, wieherte der Inspektor los. Er lachte so heftig, daß er kaum seine nächste Anweisung geben konnte. «Hier anhalten», stieß er hervor, während er sich die Augen wischte, «dann wieder anfahren! Marian hat wahrhaftig den Magister. Ich freß einen Besen!»

Marian hielt neben dem Randstein. Sie schaltete in den Leerlauf, zog die Handbremse, wartete einen Augenblick und legte dann den ersten Gang ein. Ihr Gesicht war angespannt. Als sie die Bremse löste, rutschte ihr Fuß von der Kupplung und der Motor starb ab.

«Aber, aber, Fräulein Magister», sagte der Inspektor, «so denken Sie doch an Ihren Titel!»

«Gehn Sie doch zum Teufel!» schrie Marian. Das Auto tat beim Anfahren einen Ruck.

Der Inspektor verlor augenblicklich seine gute Laune. «Fahren Sie bitte zum Standplatz zurück», sagte er und machte ohne weitere Überlegung vier dicke schwarze Kreuze in die Kästchen auf Marians Prüfungsbogen.

Mrs Ericson wartete an der gleichen Stelle, wo sie zurückgeblieben war. Als Marian anhielt, sprang der Inspektor heraus und fegte mit hochrotem Kopf an ihr vorbei. «Was ist passiert?» fragte Mrs Ericson und sah ihm beunruhigt nach.

Marian stared down at the wheel and her lip trembled.

"Oh, Marian, *again?*" Mrs Ericson said.

Marian nodded. "In a sort of different way," she said, and slid over to the right-hand side of the car.

Marian senkte den Blick auf das Lenkrad und ihre Lippen zitterten.

«Oh Marian», sagte Mrs Ericson, «schon wieder?»

Marian nickte. «Ja, nur irgendwie anders», sagte sie und rutschte auf den Beifahrersitz hinüber.

It was at the beginning of the war. There was a smell of stuffiness and of doom. Rumour, that lying slut, had reared her bedraggled head. Nobody knew where everything was going to lead. I was in a corner with three other men. I remember that one of them, a lank-faced pale man, said: "Where is all this going to end?"

And then another man spoke. I liked the look of him the moment I set eyes on him. He was a small, dried-up man, with that air of sun-matured toughness, that appearance of teak-like hardness which you find in men who have lived rough and healthy lives in the tropics. He was wearing a well-preserved suit of old tweeds and an open-necked shirt. But these clothes hung upon him as if they did not belong to him. They say that clothes make the man. This, to a certain extent, is true: a military tunic is never really shaped to fit a soldier – a soldier is made to fit his tunic. And it was quite obvious that this little man had worn a uniform and conformed to an established way of carrying himself for many years. His hair was of a neutral tint somewhere between yellow and sandy white. He had a moustache which might have been a sprinkling of silver sand on his upper lip. He smoked a pipe, and had a certain bird-like way of cocking his head as he talked; and his tone was half-amiable and half-authoritative – the tone of a man who has grown accustomed to combining threats with promises in ordering a platoon. He said this: "And who knows where anything in the world begins or ends? What do you mean by looking as if you'd lost a shilling and picked up a farthing just because you don't know where everything is going to end?"

About ten minutes later, easing himself into conversation like a foot into a shoe, he told us this story:

Gerald Kersh: Schicksal und Gewehrkugel

Es war zu Beginn des Krieges. In der Luft lag der stickige Geruch drohenden Unheils. Die lügnerische Hure Gerücht hatte ihr schändliches Haupt erhoben. Niemand wußte, wohin alles führen würde. Ich saß mit drei anderen Männern in einer Ecke. Und ich erinnere mich, wie der eine von ihnen, einer mit einem mageren, blassen Gesicht, sagte: «Wo soll das alles enden?»

Und dann sprach ein anderer Mann. Sein Äußeres gefiel mir gleich als ich den Blick auf ihn richtete. Er war klein und ausgedörrt, und er hatte etwas von der sonnengereiften Zähigkeit, der teakholzähnlichen Härte, wie man sie bei Männern antrifft, die ein rauhes, gesundes Leben in den Tropen geführt haben. Er trug einen gut erhaltenen alten Tweedanzug und ein Hemd mit offenem Kragen. Aber diese Kleider hingen an ihm herunter, als gehörten sie nicht zu ihm. Es heißt, daß Kleider Leute machen. Das stimmt, doch nur bis zu einem gewissen Grad. Ein Uniformrock zum Beispiel wird nie so geschneidert, daß er einem Soldaten paßt – der Soldat muß ganz einfach in ihn hineinpassen. Und es war ganz offensichtlich, daß dieser kleine Mann lange Jahre eine Uniform getragen und sich einem festgelegten Verhaltensmuster unterworfen hatte. Seine Haarfarbe lag irgendwo zwischen einem kräftigen Blond und einem sandigen Weiß. Sein Schnurrbart war wie ein winziger Tupfen silbriger Sandkörner auf seiner Oberlippe. Er rauchte eine Pfeife und hatte etwas von einem Vogel an sich, wenn er beim Sprechen den Kopf zur Seite neigte. Sein Ton wechselte zwischen gewinnend und herrisch – der Ton eines Mannes, der daran gewöhnt ist, sich als Führer eines Infanteriezuges mit Drohungen und Versprechungen Gehör zu verschaffen. Dieser Mann also sagte: «Wer weiß denn überhaupt, wo etwas auf der Welt beginnt oder endet? Machen Sie doch kein Gesicht, als hätten Sie ein Markstück verloren und einen Pfennig wiedergefunden, nur weil Sie nicht wissen, wo alles enden soll!»

Etwa zehn Minuten später, nachdem er in dem Gespräch allmählich festen Fuß gefaßt hatte, erzählte er uns seine Geschichte:

When I was a nipper I knew everything. Yes, when I was about fifteen years old nobody could tell me anything at all. People didn't tell me, I told them. That is ignorance. It's like that that you stay ignorant. Well, I lived and learned. I lived a hell of a lot, and never learned very much. I'm sixty now, and I've only just begun to realize that the sum total of all I know is sweet Fanny Adams. This gentleman here was giving us a patter about not knowing where things end. Now look, I'll tell you something.

Years and years ago I was in China. I was a soldier there. I got most of my military experience there. I liked the Chinese, because I always found them a decent sort of people; honest and hardworking, and in general clean in their personal habits. Never mind that for the moment. I was a private soldier then. One night I was on sentry duty, on a certain bridge over the Soochow Creek. There had been a lot of stealing going on. It had to be guarded against. There are good and bad of all sorts. There is no place in the world where you won't get thieving. In this case, rifles and ammunition were sometimes getting stolen. Well, in every community there is a class that is willing to pay for fire-arms. I was on sentry-go. It was in the middle of the night and there was a damned great moon. I was pretty young, and it was all a bit new and ghostly. I had not been there more than an hour when I saw something move, and caught the glint of the moon on a bit of steel. I gave the challenge, and nobody answered. I gave it again, and the shadow started to run away. I ordered it to stop or I'd fire. It was a man. He panicked, and ran like the wind in the moonlight. I had my orders, and I ups with the old bundook and fires, intending to hit him in the leg. But I was excited, and in a hurry. The man went down, and I went over to him. Instead of hitting him in the leg I'd hit him in the back and shot him straight through

Als ich ein junger Spund war, wußte ich alles. Ja, als ich so ungefähr fünfzehn Jahre alt war, konnte mir niemand mehr etwas erzählen. Die Leute wollten mich auch gar nicht belehren, wohl aber ich sie. Dies nennt man Engstirnigkeit. So bleibt man ein Dummkopf. Nun, ich lebte weiter und lernte dazu. Erlebt habe ich ja 'ne ganze Menge, gelernt allerdings nie sehr viel. Ich bin jetzt sechzig und komme jetzt erst langsam darauf, daß alles, was ich weiß, gleich null ist. Dieser Herr da hat uns vorgezetert, er wisse nicht, wo das alles enden soll. Warten Sie mal, dazu kann ich Ihnen etwas erzählen.

Vor vielen Jahren war ich in China. Als Soldat nämlich. Ich sammelte dort den größten Teil meiner militärischen Erfahrungen. Ich mochte die Chinesen, weil sie mir immer wie ein anständiger Menschenschlag vorkamen: ehrlich, fleißig und im allgemeinen sauber und ordentlich in ihren Lebensgewohnheiten. Aber ist ja egal im Augenblick! Ich war damals gewöhnlicher Soldat. Eines Nachts hatte ich Wachdienst auf einer Brücke über den Soochow-Fluß. In der Gegend war eine Menge gestohlen worden. Das mußte verhütet werden. Es gibt überall gute und schlechte Menschen. Und es gibt keinen Ort auf der ganzen Welt, wo keine Diebstähle vorkommen. In dem Fall, von dem ich spreche, wurden des öfteren Gewehre und Munition gestohlen. Man weiß ja, in jeder Gesellschaft gibt es eine Schicht von Leuten, die sich Schußwaffen etwas kosten lassen. Ich patrouillierte also auf und ab. Es war mitten in der Nacht, und der Mond schien verteufelt hell. Ich war noch ziemlich jung, und das Ganze war ein bißchen neu und unheimlich für mich. Ich war nicht länger als eine Stunde dort, als sich ein Schatten bewegte, und ich im Mondlicht ein Stück Stahl schimmern sah. Ich rief: ‹Halt, wer da?›, aber niemand antwortete. Ich rief nochmals, da begann der Schatten zu flüchten. Ich rief: ‹Stehen bleiben oder ich schieße!› Es war ein Mann. Er drehte durch und rannte wie der Wind im Mondlicht dahin. Ich hatte meinen Befehl, also rauf mit der Knarre und peng! Ich wollte ihn an den Beinen treffen, aber ich war aufgeregt und zielte hastig. Der Mann ging zu Boden, und ich lief zu ihm hinüber. Anstatt ihn an den Beinen zu treffen, hatte ich ihn in den Rücken geschossen, mitten durchs Herz. Er muß im

the heart. He must have died in a split second. I felt queer. This was the first man I'd ever killed. It didn't feel nice. When I looked down, to see what he'd been stealing, I saw that all he had was a few pounds of old iron and a few bits of brass and copper, in a big tin can.

I got a bit drunk, next, but felt a bit conscience-stricken. The man had been some kind of a poor starving workman, and I dare say he had only tried to pinch a few farthings' worth of scrap metal to buy a bit of rice for his kids. I didn't feel much of a hero. But time passed, and I got married. I left the Army and left China. I went to Singapore. This was years and years later. I settled down in Singapore, and was very devoted to my wife. She was a nice girl. I got a job on a plantation, and did well. I got myself a servant; or I should say, that I got my wife a servant – a Chinese girl who, I don't mind telling you, was the best servant anybody in the world could wish to have. In the first place, she was as loyal and faithful as somebody out of a fairy-story. She waited on my wife – who wasn't very strong – hand and foot, and seemed to like doing so, because my wife was always kind to her and I don't believe that she, poor girl, had had much kindness in her life. We did not have any kids at first, but after we had been married about five years my wife told me the glad news. She was going to have a kid, and I was in the seventh heaven. We were a long way from anywhere and I had made arrangements that, at a reasonable time before the business was due to start, my wife should be taken to another place where there were women and doctors and everything.

Well, when there were about another two months to go, I had to go on very urgent business, a long way away. I left my wife in the care of the Chinese girl; but I did not feel very easy in my mind about it all. I had to be gone just over a week. When I got back the

Bruchteil einer Sekunde tot gewesen sein. Es war ein mulmiger Augenblick. Es war der erste Mensch, den ich in meinem Leben getötet habe. Ich fühlte mich nicht wohl in meiner Haut. Als ich zu ihm hinabblickte, um zu sehen, was er gestohlen hatte, sah ich: alles, was er hatte, war ein paar Pfund Alteisen und ein bißchen Messing- und Kupferschrott in einer großen Blechbüchse.

Gleich darauf betrank ich mich ein bißchen, aber mein Gewissen machte mir trotzdem etwas zu schaffen. Der Mann war irgendein armer, verhungerter Tagelöhner gewesen und hatte vermutlich nur deshalb versucht, Schrott zu klauen, um mit den paar Hellern Erlös ein bißchen Reis für seine Kinder zu kaufen. Ich kam mir nicht sehr heldenhaft vor. Aber die Zeit verging, und ich heiratete. Ich trat aus der Armee aus und verließ China. Ich ging nach Singapore. Das war viele Jahre später. Ich ließ mich in Singapore nieder und war meiner Frau sehr zugetan. Sie war ein nettes Mädel. Ich bekam Arbeit auf einer Plantage und verdiente gut. Dann beschaffte ich mir, oder besser gesagt, meiner Frau ein Dienstmädchen – eine junge Chinesin, die, ich geniere mich nicht es auszusprechen, das beste Dienstmädchen war, das sich ein Mensch nur wünschen konnte. Erstens war sie anhänglich und treu wie eine Gestalt aus dem Märchen. Sie diente meiner Frau – die nicht sehr kräftig war – mit voller Hingabe und schien es obendrein gern zu tun, weil meine Frau immer gut zu ihr war; ich kann mir nicht vorstellen, daß das arme Ding viel Güte im Leben erfahren hatte. Wir hatten zunächst keine Kinder, aber als wir vielleicht fünf Jahre verheiratet waren, verkündete mir meine Frau die freudige Botschaft. Sie erwartete ein Baby, und ich war im siebten Himmel. Wir waren weitab von allem, und ich hatte Vorkehrungen getroffen, daß in angemessener Frist, bevor es so weit war, meine Frau in eine andere Ortschaft gebracht würde, wo es Frauen und Ärzte und alles gab.

Nun, als es noch ungefähr zwei Monate bis dahin waren, mußte ich dringend geschäftlich verreisen, an einen weit entfernten Ort. Ich ließ meine Frau in der Obhut des chinesischen Mädchens; aber es war mir nicht sehr wohl dabei zumute. Ich mußte nur knapp über eine Woche von zuhause fort sein. Als

child was already born. It was a boy and he is thirty years old now, and more than six feet high, and strong as a buffalo. But he was born before his time, and he was one of those kids who, you would think, hasn't got enough life in him to open his eyes. He was too weak to cry. My wife had had a terrible time. She would have died, I tell you that she would have died as sure as God made Heaven, if it had not been for the servant. Yes, this Chinese girl pulled off the whole affair. She handled my wife like silk or porcelain, and she fed the kid with a fountain-pen filler which I used for an old-fashioned pen I had. She played doctor, wet-nurse, midwife, and everything. And it is to her that I owe my wife's life and that of my son, who is now a doctor.

I had never really looked at her as a human being until then. We had never exchanged ten words, except in the form of orders given and taken. But now I began to talk to her, and asked her about herself.

She told me she was from China. Her father had been a poor working man who could not make ends meet. He was an honest man, she said, but one night, not wanting to see his children starve, he had tried to steal some scrap metal;

but on a bridge over the Soochow Creek, an English sentry had shot him in the back. I asked her what sentry. She said: "I do not know. My brothers and my mother died of hunger, and I only live because I was a pretty girl, and a merchant took me away."

And you are talking to me about how things end or begin! Why, mug that you are, no man on earth knows the beginning or the end of anything that he does. The only thing you can do, pal, is what you think right, and hope for the best.

ich zurückkam, war das Kind schon geboren. Es war ein Bub, und der ist inzwischen dreißig Jahre alt, über ein Meter achtzig groß und stark wie ein Büffel. Aber er war eine Frühgeburt und eines von den Kindern, von denen man meinen könnte, sie hätten nicht genug Lebenskraft, um die Augen zu öffnen. Er war zu schwach, um zu schreien. Meine Frau hatte Furchtbares durchgemacht. Sie wäre gestorben, jawohl, sie wäre gestorben so wahr ein Gott im Himmel ist, wenn nicht das Dienstmädchen gewesen wäre. Ja, dieses Dienstmädchen schmiß den ganzen Laden. Sie behandelte meine Frau wie ein rohes Ei, und sie fütterte den Kleinen mit einem Füllhalterfüller, den ich für meinen altmodischen Füllhalter benutzte. Sie spielte Arzt, Amme, Hebamme, einfach alles. Und ihr verdanke ich das Leben meiner Frau und das meines Sohnes, der heute Arzt ist.

Ich hatte sie bis dahin nie so eigentlich als menschliches Wesen betrachtet. Wir hatten nie ein Dutzend Worte miteinander gewechselt, es sei denn in Form von Befehlen, die ich erteilt und sie entgegengenommen hatte. Doch jetzt begann ich, mit ihr zu reden, und befragte sie über sich selbst.

Sie erzählte mir, sie stamme aus China. Ihr Vater sei ein armer Tagelöhner gewesen, der mit seinem Lohn nicht ausreichte. Er war ein ehrlicher Mensch, sagte sie, doch eines Nachts fand er, daß seine Kinder nicht verhungern sollten, und er versuchte, ein bißchen Altmetall zu stehlen; aber auf einer Brücke über den Soochow-Fluß hatte ihn ein englischer Wachposten in den Rücken geschossen. Ich fragte sie: «Was für ein Wachposten?» Sie sagte: «Ich weiß es nicht. Meine Brüder und meine Mutter sind verhungert, und ich bin heute nur deshalb am Leben, weil ich ein hübsches Mädchen war und ein Kaufmann mich mit sich nahm.»

Und da reden Sie einem die Ohren voll, wie die Dinge enden oder anfangen! Sie können ein noch so großer Schlaukopf sein, aber kein Mensch auf Erden kennt den Anfang oder das Ende von dem, was er tut. Es gibt nur eins, Kamerad: Tun, was man für richtig hält, und das Beste hoffen.

Suddenly tears poured from her eyes. She rested her forehead against her mother's hand, and let the tears soak into the counterpane.

"Dear Mr Wilson," she began, for her mind was always composing letters, "I shall not be at the shop for the next four days, as my mother has passed away and I shall not be available until after the funeral. My mother passed away very peacefully..."

The nurse came in. She took her patient's wrist for a moment, replaced it, removed a jar of forced lilac from beside the bed as if this were no longer necessary and went out again.

The girl kneeling by the bed had looked up.

"Dear Mr Wilson," she resumed, her face returning to the counterpane, "My mother has died. I shall come back to work the day after tomorrow. Yours sincerely, Lucy Mayhew."

Her father was late. She imagined him hurrying from work, bicycling through the darkening streets, dogged, hunched-up, slush thrown up by his wheels. Her mother did not move. She stroked her hand with its loose gold ring, the calloused palms, the fine, long fingers. Then she stood up stiffly, her knees bruised from the waxed floor, and went to the window.

Snowflakes turned idly, drifting down over the hospital gardens. It was four o'clock in the afternoon and already the day seemed over. So few sounds came from this muffled and discoloured world. In the hospital itself there was a deep silence.

Her thoughts came to her in words, as if her mind spoke them first, understood them later. She tried to think of her childhood:

little scenes, she selected, to prove how they had loved one another. Other scenes, especially last week's quarrel, she chose to forget, not

Plötzlich strömten ihr Tränen aus den Augen. Sie stützte die Stirn auf die Hand ihrer Mutter und ließ die Tränen in die Steppdecke sickern.

«Sehr geehrter Herr Wilson», begann sie, innerlich ständig mit dem Abfassen von Briefen beschäftigt, «ich komme die nächsten vier Tage nicht ins Geschäft, weil meine Mutter gestorben ist. Ich stehe Ihnen erst nach der Beerdigung wieder zur Verfügung. Meine Mutter ist ganz friedlich entschlafen . . .»

Die Schwester kam herein. Sie faßte einen Augenblick das Handgelenk der Patientin, legte es zurück, entfernte einen Krug mit Treibhausflieder vom Nachttisch, als würde er nicht länger gebraucht, und ging wieder hinaus.

Das neben dem Bett kniende Mädchen hatte aufgeblickt.

«Sehr geehrter Herr Wilson», setzte sie fort, das Gesicht wieder der Decke zugewandt, «meine Mutter ist gestorben. Ich komme erst übermorgen wieder zur Arbeit. Hochachtungsvoll, Lucy Mayhew.»

Ihr Vater hatte sich verspätet. Sie stellte sich vor, wie er, eilig von der Arbeit kommend, krumm und verbissen vornübergebeugt durch den spritzenden Schneematsch der dämmrigen Straßen radelte. Ihre Mutter rührte sich nicht. Sie streichelte ihre Hand mit dem locker sitzenden goldenen Ring, den schwieligen Handflächen, den feinen, langen Fingern. Dann richtete sie sich steif und mit schmerzenden Knien von dem gewachsten Fußboden auf und trat ans Fenster.

Gemächlich kreisende Schneeflocken schwebten auf den Krankenhausgarten herab. Es war vier Uhr nachmittags, und der Tag schien schon zu Ende zu sein. Nur wenige Laute kamen aus dieser gedämpften und ihrer ursprünglichen Farben beraubten Welt. Im Krankenhaus selbst herrschte tiefe Stille.

Ihre Gedanken stellten sich in Worte gekleidet vor, als würden sie erst einmal ausgesprochen, um erst später verstanden zu werden. Sie versuchte, an ihre Kindheit zu denken; sie wählte kleine, nette Szenen, um sich zu beweisen, wie sie einander lieb gehabt hatten. Andere Szenen, besonders den Streit der vorigen Woche, zog sie vor zu vergessen, ohne zu

knowing that in this moment she sent them away for ever. Only loving kindness remained.

But, all the same, intolerable pictures broke through – her mother at the sink; her mother ironing; her mother standing between the lace curtains staring out at the dreary street with a wounded look in her eyes; her mother tying the same lace curtains with yellow ribbons; attempts at lightness, gaiety, which came to nothing; her mother gathering her huge black cat to her, burying her face in its fur and a great shivering sigh – of despair, of boredom – escaping her.

She no longer sighed. She lay very still and sometimes took a little sip of air. Her arms were neatly at her side. Her eyes, which all day long had been turned to the white lilac, were closed. Her cheekbone rose sharply from her bruised, exhausted face. She smelt faintly of wine.

A small lilac-flower floated on a glass of champagne, now discarded on the table at her side.

The champagne, with which they hoped to stretch out the thread of her life minute by minute; the lilac; the room of her own, coming to her at the end of a life of drabness and denial, just as, all along the mean street where they lived, the dying and the dead might claim a life-time's savings from the bereaved.

"She is no longer there," Lucy thought, standing beside the bed.

All day her mother had stared at the white lilac; now she had sunk away. Outside, beyond the hospital gardens, mist settled over the town, blurred the street-lamps.

The nurse returned with the matron. Ready to be on her best behaviour, Lucy tautened. In her heart she trusted her mother to die without frightening her, and when the matron, deftly drawing Lucy's head to rest on her own shoulder, said in her calm

ahnen, daß sie in diesem Augenblick derlei für immer verbannte. Nur zärtliche Liebe blieb zurück.

Aber trotz allem drängten sich unerträgliche Bilder nach vorn: ihre Mutter am Küchenausguß, ihre Mutter beim Bügeln, ihre Mutter, wie sie zwischen den Spitzenvorhängen steht und mit einem wunden Blick in den Augen auf die öde Straße starrt, oder wie sie eben diese Vorhänge mit gelben Bändern schmückt, ein Tasten nach Frohsinn und Heiterkeit, bei dem nichts herauskommt – schließlich ihre Mutter, wie sie ihre große schwarze Katze an sich zieht, um mit einem langen, bebenden Seufzer der Verzweiflung, der Ermattung, das Gesicht im Fell des Tieres zu vergraben.

Jetzt seufzte sie nicht mehr. Sie lag ganz still und holte ab und zu ein bißchen Luft. Ihre Arme waren säuberlich neben dem Körper ausgestreckt. Ihre Augen, die sich den ganzen Tag lang dem weißen Flieder zugewandt hatten, waren geschlossen. Der Backenknochen trat scharf aus dem gezeichneten, erschöpften Gesicht. Sie roch leicht nach Wein.

Eine kleine Fliederblüte schwamm auf einem Glas Sekt, das auf dem Tisch neben dem Bett abgestellt war.

Der Sekt, mit dem sie gehofft hatten, den Faden ihres Lebens Minute um Minute zu verlängern, der Flieder, das eigene Zimmer, das ihr erst am Ende eines Daseins der Eintönigkeit und Entbehrung zuteil wurde, das alles paßte zu der armseligen Straße, in der sie wohnten, wo die Sterbenden und Toten die Zurückbleibenden oft um die Ersparnisse eines ganzen Lebens brachten.

«Sie ist gar nicht mehr hier», dachte Lucy, während sie neben dem Bett stand.

Den ganzen Tag hatte ihre Mutter unentwegt den weißen Flieder betrachtet; jetzt war sie in Betäubung versunken. Draußen, hinter dem Krankenhausgarten, senkte sich Nebel auf die Straße und verschleierte die Straßenlaternen.

Die Schwester kam mit der Oberin zurück. Gewillt, sich von ihrer besten Seite zu zeigen, nahm sich Lucy zusammen. Im Herzen vertraute sie darauf, daß ihre Mutter sterben würde, ohne sie zu erschrecken, und als die Oberin mit geübter Bewegung Lucys Kopf an ihre Schulter zog und mit ruhiger

voice: "She has gone," she felt she had met this happening half-way.

A little bustle began, quick footsteps along the empty passages, and for a moment she was left alone with her dead mother. She laid her hand timidly on her soft dark hair, so often touched, played with when she was a little girl, standing on a stool behind her mother's chair while she sewed.

There was still the smell of wine and the hospital smell. It was growing dark in the room. She went to the dressing-table and took her mother's handbag, very worn and shiny, and a book, a library book which she had chosen carefully for her, believing she would read it.

Then she had a quick sip from the glass on the table, a mouthful of champagne, which she had never tasted before, and, looking wounded and aloof, walked down the middle of the corridor, feeling the nurses falling away to left and right.

Opening the glass doors on to the snowy gardens, she thought that it was like the end of a film. But no music rose up and engulfed her. Instead there was her father turning in at the gates. He propped his bicycle against the wall and began to run clumsily across the wet gravel.

Stimme sagte: «Sie ist hinüber», hatte sie das Gefühl, als wäre sie diesem Ende auf halbem Wege entgegengegangen.

Plötzlich setzte eine leichte Unruhe ein, rasche Schritte hallten auf den leeren Gängen, und für einen Augenblick blieb Lucy mit ihrer toten Mutter allein. Sie legte scheu die Hand auf ihr weiches, dunkles Haar, das sie so oft berührt und mit dem sie so oft gespielt hatte, wenn sie als kleines Mädchen hinter dem Stuhl der nähenden Mutter auf einem Schemel stand.

Es roch noch immer nach Wein und Krankenhaus. Im Zimmer wurde es dunkel. Sie ging zum Toilettentisch und nahm die abgetragene und blankgescheuerte Handtasche ihrer Mutter zu sich, und dazu ein Buch, eines aus der Leihbücherei, das sie im Glauben, Mutter würde es lesen, sorgfältig für sie ausgewählt hatte.

Sie nippte kurz an dem Glas mit dem Sekt, den sie noch nie gekostet hatte, und schritt dann mit wundem und abwesendem Blick mitten durch den langen Flur, vorbei an den Schwestern, die ihr, wie sie spürte, nach links und rechts aus dem Weg traten.

Als sie die Glastüren auf den verschneiten Garten hinaus öffnete, kam ihr der Gedanke, daß dies alles dem Ende eines Filmes glich, nur daß keine Musik aufrauschte, in der sie hätte versinken können. Statt dessen sah sie ihren Vater beim Tor um die Ecke biegen. Er lehnte sein Rad an die Mauer und kam mit schwerfälligen Schritten über den nassen Kies gelaufen.

Seal, walking through his garden, said suddenly to himself: "I would like to pick some flowers and take them to Miss D."

The afternoon was light and warm. Tall chestnuts fanned themselves in a pleasant breeze. Among the hollyhocks there was a good humming as the bees tumbled from flower to flower. Seal wore an open shirt. He felt fresh and fine, with the air swimming coolly under his shirt and around his ribs. The summer's afternoon was free. Nothing pressed him. It was a time when some simple, disinterested impulse might well be hoped to flourish.

Seal felt a great joy in the flowers around him and from this a brilliant longing to give. He wished to give quite inside himself, uncritically, without thinking for a moment: "Here am I, Seal, wishing something." Seal merely wanted to give some of his flowers to a fellow being. It had happened that Miss D was the first person to come to mind. He was in no way attached to Miss D. He knew her slightly, as a plain, elderly girl of about twenty who had come to live in the flats opposite his garden. If Seal had ever thought about Miss D at all, it was because he disliked the way she walked. She walked stiffly, sailing with her long body while her little legs raced to catch up with it. But he was not thinking of this now. Just by chance he had glimpsed the block of flats as he had stooped to pick a flower. The flats had presented the image of Miss D to his mind.

Seal chose common, ordinary flowers. As the stems broke he whistled between his teeth. He had chosen these ordinary flowers because they were the nearest to hand: in the second place, because they were fresh and full of life. They were neither rare nor costly. They were pleasant, fresh, unassuming flowers.

Als Seal durch seinen Garten ging, sagte er plötzlich zu sich selbst: «Ich würde gern ein paar Blumen pflücken und sie Miss D. bringen.»

Der Nachmittag war hell und warm. Hohe Kastanienbäume wiegten sich leicht in einer sanften Brise. Im Malvengesträuch summte es mächtig von den Bienen, die von Blüte zu Blüte taumelten. Seal trug den Hemdkragen offen. Er fühlte sich frisch und munter von der Luft, die er kühl unter seinem Hemd auf den Rippen spürte. Der sommerliche Nachmittag gehörte ihm. Nichts trieb ihn zur Eile. Es war ein Augenblick, in dem eine schlichte, uneigennützige Gefühlsregung leicht zur Blüte reifen konnte.

Seal empfand große Freude an all den Blumen rundherum und aus ihr heraus ein beglückendes Bedürfnis, zu schenken. Er wünschte dies tief in seinem Inneren, unkritisch, ohne auch nur einen Augenblick darüber nachzusinnen: «Hier bin ich, Seal, und möchte gern etwas tun.» Seal wollte ganz einfach ein paar seiner Blumen einem Mitmenschen schenken! Miss D. war die erstbeste Person, die ihm eingefallen war. Er fühlte sich zu Miss D. in keiner Weise hingezogen. Er kannte sie nur flüchtig, als ein unscheinbares ältliches Mädchen von etwa zwanzig, das in das Mietshaus gegenüber seinem Garten eingezogen war. Wenn Seal überhaupt je an Miss D. dachte, so war es, weil ihm ihre Art zu gehen mißfiel. Sie hatte einen steifen Schritt, wobei der lange Oberkörper voraussegelte und die kurzen Beine ihn einzuholen trachtete. Aber daran dachte er in diesem Augenblick nicht. Beim Bücken nach einer Blume war sein Blick zufällig auf das Mietshaus gefallen, und dieses hatte in ihm das Bild von Miss D. wachgerufen.

Seal wählte gewöhnliche, alltägliche Blumen. Während die Stengel brachen, pfiff er zwischen den Zähnen leise vor sich hin. Seine Wahl war auf diese alltäglichen Blumen gefallen, weil sie seiner Hand am nächsten waren, aber auch, weil sie frisch und lebendig aussahen. Sie waren weder selten noch kostbar. Es waren ganz einfach hübsche, frische, unauffällige Blumen.

With the flowers in his hand, Seal walked contentedly from his garden and set foot on the asphalt pavement that led to the block of flats across the way. But as his foot touched the asphalt, as the sly glare of an old man fixed his eye for the moment of its passing, as the traffic asserted itself, certain misgivings began to freeze his impromptu joy. "Good heavens," he suddenly thought, "what am I doing?" He stepped outside himself and saw Seal carrying a bunch of cheap flowers to Miss D in the flats across the way.

"These are cheap flowers," he thought. "This is a sudden gift. I shall smile as I hand them to her. We shall both know that there is no ulterior reason for the gift and thus the whole action will smack of goodness – of goodness and simple brotherhood. And somehow . . . for that reason this gesture of mine will appear to be the most calculated pose of all. Such a simple gesture is improbable. The improbable is to be suspected. My gift will certainly be regarded as an affection.

"Oh, if only I had some reason – aggrandisement, financial gain, seduction – any of the accepted motives that would return my flowers to social favour. But no – I have none of these in me. I only wish to give and to receive nothing in return."

As he walked on, Seal could see himself bowing and smiling. He saw himself smile too broadly as he apologized by exaggeration for his good action. His neck flinched with disgust as he saw himself assume the old bravados. He could see the mocking smile of recognition on the face of Miss D.

Seal dropped the flowers into the gutter and walked slowly back to his garden.

From her window high up in the concrete flats, Miss D watched Seal drop the flowers. How fresh they looked! How they would have livened her barren room! "Wouldn't it have been nice," thought

Mit den Blumen in der Hand verließ Seal zufriedenen Sinnes seinen Garten und betrat den Asphalt, der zum Mietshaus über der Straße führte. Doch als sein Fuß den Asphalt berührte, als der gewitzte Blick eines alten Mannes im Augenblick des Vorübergehens sein Auge traf, als der Straßenverkehr seine Rechte geltend machte, da begannen gewisse Bedenken seine spontane Freude abzukühlen. «Mein Gott», dachte er plötzlich, «was brocke ich mir da ein?» Er trat gleichsam aus sich selbst heraus und sah, wie sein eigenes Ich unterwegs war, um Miss D. einen Strauß billiger Blumen über die Straße zu bringen.

«Es sind billige Blumen», überlegte er. «Ich schenke sie in einer plötzlichen Anwandlung. Während ich sie dem Fräulein überreiche, werde ich lächeln. Wir werden beide wissen, daß für das Geschenk kein eigentlicher Grund vorliegt, und somit wird die ganze Geschichte nach Gutseinwollen riechen – nach Gutseinwollen und einfältiger Menschenliebe. Und irgendwie – ja irgendwie wird daher meine Geste als einstudierte Pose erscheinen. Eine so einfache Geste ist unwahrscheinlich. Unwahrscheinliches erregt Argwohn. Mein Geschenk wird sicher als Affektiertheit empfunden werden.

Wenn ich nur einen Grund hätte – persönliches Prestige, finanziellen Gewinn, sexuelle Absichten – irgend eine der allgemein anerkannten Triebfedern, die meinen Blumen gesellschaftliche Geltung verschaffen würden. Aber nein – ich habe keine. Ich will ja nur geben und nichts dafür nehmen.»

Im Weitergehen sah Seal sich selbst, wie er sich verbeugte und lächelte. Sein Lächeln erschien ihm zu breit, während er sich übertrieben für seine gute Tat entschuldigte. Angewidert fuhr er mit dem Hals zurück, als er in Gedanken das sattsam bekannte Getue absolvierte. Er sah auf Miss D.'s Gesicht ein spöttisches Lächeln und fühlte sich durchschaut.

Seal ließ die Blumen in die Gosse fallen und ging langsam in seinen Garten zurück.

Von ihrem hochgelegenen Fenster in dem Betonklotz beobachtete Miss D., wie Seal die Blumen wegwarf. Wie frisch sie aussahen! Wie sie ihr kahles Zimmer belebt hätten! «Wäre es nicht nett gewesen», dachte Miss D., «wenn dieser Mr Seal *mir*

Miss D, "if that Mr Seal had been bringing *me* that pretty bouquet of flowers! Wouldn't it have been nice if he had picked them in his own garden and – well, just brought them along, quite casually, and made me a present of the delightful afternoon." Miss D dreamed on for a few minutes.

Then she frowned, rose, straightened her suspender belt, hurried into the kitchen. "Thank God he didn't," she sighed to herself. "I should have been most embarrassed. It's not as if he wanted me. It would have been just too maudlin for words."

den hübschen Blumenstrauß gebracht hätte? Wäre es nicht nett gewesen, wenn er sie in seinem eigenen Garten gepflückt und sie – ja nun – ganz beiläufig vorbeigebracht hätte, um mir an diesem herrlichen Nachmittag ein Geschenk zu machen.» Ein paar Minuten träumte Miss D. weiter vor sich hin.

Dann runzelte sie die Stirn, erhob sich, schob ihren Rockträger zurecht und eilte in die Küche. «Gott sei Dank hat er es nicht getan», atmete sie erleichtert auf. «Es wäre mir äußerst peinlich gewesen. Es ist ja nicht so, als hätte er Absichten auf mich. Gar nicht auszudenken, wie rührselig alles gewesen wäre!»

The biologist was showing the distinguished visitor through the zoo and laboratory.

"Our budget," he said, "is too limited to re-create all known extinct species. So we bring to life only the higher animals, the beautiful ones that were wantonly exterminated. I'm trying, as it were, to make up for brutality and stupidity. You might say that man struck God in the face every time he wiped out a branch of the animal kingdom."

He paused, and they looked across the moats and the force fields. The quagga wheeled and galloped, delight and sun flashing off his flanks. The sea otter poked his humorous whiskers from the water. The gorilla peered from behind bamboo. Passenger pigeons strutted. A rhinoceros trotted like a dainty battleship. With gentle eyes a giraffe looked at them, then resumed eating leaves.

"There's the dodo. Not beautiful but very droll. And very helpless. Come. I'll show you the re-creation itself."

In the great building, they passed between rows of tall and wide tanks. They could see clearly through the windows and the jelly within.

"Those are African elephant embryos," said the biologist. "We plan to grow a large herd and then release them on the new government preserve."

"You positively radiate," said the distinguished visitor. "You really love the animals, don't you?"

"I love all life."

"Tell me," said the visitor, "where do you get the data for recreation?"

"Mostly, skeletons and skins from the ancient museums. Excavated books and films that we succeeded in restoring and then translating. Ah, see those huge eggs? The chicks of the giant moa are growing within them. These, almost ready to be

Der Biologe war dabei, den prominten Besucher durch den Zoo und das Laboratorium zu führen.

«Unser Etat», sagte er, «ist zu beschränkt, als daß wir alle bekannten ausgestorbenen Arten nachzüchten könnten. Daher rufen wir nur die höheren Tiere ins Leben zurück, die schönen, die mutwillig ausgerottet wurden. Ich versuche sozusagen, Roheit und Dummheit wettzumachen. Man könnte auch so sagen: Jedesmal, wenn der Mensch eine Gattung des Tierreiches vernichtete, hat er Gott ins Gesicht geschlagen.»

Er machte eine Pause, und sie ließen ihre Augen über die Gräben und Gehege schweifen. Das Quagga tummelte sich im Kreise und galoppierte los, die Flanken funkelnd von Sonne und Lebenslust. Der Seeotter streckte seinen possierlichen Schnauzbart aus dem Wasser. Der Gorilla spähte hinter Bambus hervor. Wandertauben stolzierten ihres Weges. Ein Nashorn zog gleich einem Panzerschiff seine Bahn. Mit sanftem Blick äugte eine Giraffe nach ihnen, um gleich wieder Blätter zu äsen.

«Dort ist der Dodo. Zwar nicht schön, aber sehr drollig. Und völlig hilflos. Kommen Sie! Ich zeige Ihnen jetzt die eigentliche Zuchtstation.»

In dem großen Gebäude schlenderten sie zwischen Reihen von hohen und geräumigen Behältern hindurch. Sie konnten deutlich durch die Fenster eine gallertartige Masse sehen.

«Dies sind afrikanische Elefantenembryos», erklärte der Biologe. «Wir haben vor, eine große Herde zu züchten und sie dann in dem neuen Nationalpark auszusetzen.»

«Ihre Begeisterung steckt geradezu an», sagte der prominente Besucher. «Sie lieben die Tiere wirklich, nicht wahr?»

«Ich liebe jedes Leben.»

«Sagen Sie mal», fragte der Besucher, «woher nehmen Sie eigentlich die Daten für die Wiederaufzucht?»

«Meistens sind es Skelette und Bälge aus Paläontologischen Sammlungen. Dazu ausgegrabene Bücher und Filme, die wir mit Erfolg restauriert und anschließend übersetzt haben. Ah, sehen Sie diese Rieseneier? Die Kücken der mächtigen Moa wachsen in ihnen heran. Das hier, fast schon reif, um aus dem

taken from the tank, are tiger cubs. They'll be dangerous when grown but will be confined to the preserve."

The visitor stopped before the last of the tanks.

"Just one?" he said. "What is it?"

"Poor little thing," said the biologist, now sad. "It will be so alone. But I shall give it all the love I have."

"Is it so dangerous?" said the visitor. "Worse than elephants, tigers, and bears?"

"I had to get special permission to grow this one," said the biologist. His voice quavered.

The visitor stepped sharply back from the tank. He said, "Then it must be ... but you wouldn't dare!"

The biologist nodded.

"Yes. It's a man."

Brutkasten genommen zu werden, sind Tigerjunge. Sie sind gefährlich, wenn sie einmal ausgewachsen sind, aber sie werden auf das Gehege beschränkt bleiben.»

Der Besucher blieb vor dem letzten der Behälter stehen.

«Nur ein einziges Exemplar?» fragte er. «Was ist denn das?»

«Armes kleines Wesen!» sagte der Biologe mit einem Anflug von Traurigkeit. «Es wird so allein sein. Aber ich werde ihm alle Liebe zuwenden, die ich habe.»

«Ist es so gefährlich?» fragte der Besucher. «Schlimmer als Elefanten, Tiger und Bären?»

«Ich mußte um Sondergenehmigung eingeben, um es zu züchten», sagte der Biologe. Seine Stimme zitterte.

Der Besucher trat mit einem Ruck von dem Behälter zurück. «Dann ist es wohl . . .», begann er, «. . . aber nein, das würden Sie doch nicht wagen!»

Der Biologe nickte.

«Ja doch. Es ist ein Mensch.»

The day I had promised to take Catherine down to visit my young friend Philip at his school in the country, we were to leave at eleven, but she arrived at nine. Her blue dress was new, and so were her fashionable shoes. Her hair had just been done. She looked more than ever like a pink-and-gold Renoir girl who expects everything from life.

Catherine lives in a white house overlooking the sweeping brown tides of the river. She helped me clean up my flat with a devotion which said that she felt small flats were altogether more romantic than large houses. We drank tea, and talked mainly about Philip, who, being fifteen, has pure stern tastes in everything from food to music.

Catherine looked at the books lying around his room, and asked if she might borrow the stories of Isaac Babel to read on the train. Catherine is thirteen. I suggested she might find them difficult, but she said: "Philip reads them, doesn't he?"

During the journey I read newspapers and watched her pretty frowning face as she turned the pages of Babel, for she was determined to let nothing get between her and her ambition to be worthy of Philip.

At the school, which is charming, civilized, and expensive, the two children walked together across green fields, and I followed, seeing how the sun gilded their bright friendly heads turned towards each other as they talked. In Catherine's left hand she carried the stories of Isaac Babel.

After lunch we went to the pictures. Philip allowed it to be seen that he thought going to the pictures just for the fun of it was not worthy of intelligent people, but he made the concession, for our sakes. For his sake we chose the more serious of the two films that

Doris Lessing: Isaac-Babel-Schwärmerei

An dem Tag, als ich, wie versprochen, Catherine mitnahm, um meinen jungen Freund Philip in seiner Schule auf dem Land zu besuchen, sollten wir um elf Uhr abfahren, doch sie erschien schon um neun. Ihr blaues Kleid war neu, ebenso ihre eleganten Schuhe. Sie kam frisch vom Friseur. Mit ihrem rosa Teint und goldblonden Haar sah sie mehr denn je einem Renoirmädchen ähnlich, das sich alles vom Leben erwartet.

Catherine wohnt in einem weißen Haus hoch über den braunen Fluten des reißenden Flusses. Sie half mir beim Aufräumen meiner Wohnung mit einer Hingabe, die sagen wollte, daß nach ihrem Gefühl kleine Wohnungen doch viel romantischer seien als große Häuser. Wir tranken Tee und plauderten hauptsächlich über Philip, der mit seinen fünfzehn Jahren in allem, im Essen wie in der Musik, einen unbestechlichen Geschmack erkennen läßt. Catherine sah sich die Bücher an, die in seinem Zimmer herumlagen, und fragte, ob sie sich die Erzählungen von Isaac Babel ausleihen dürfe, um sie im Zug zu lesen. Catherine ist dreizehn Jahre alt. Ich ließ durchblicken, sie könnte sie zu schwer finden, aber sie sagte: «Philip liest sie doch auch, oder nicht?»

Während der Bahnfahrt las ich Zeitung und beobachtete dabei die Stirnfalten auf ihrem hübschen Gesicht, während sie die Buchseiten umblätterte; sie war offensichtlich entschlossen, sich durch nichts von ihrem Ehrgeiz abbringen zu lassen, sich Philips würdig zu erweisen.

Auf dem Gelände der Schule, die einen reizvollen, feinen und teuren Eindruck machte, spazierten die beiden Kinder nebeneinander über grüne Felder, und ich sah, während ich ihnen folgte, wie die Sonne ihre aufgeweckten, froh gelaunten Gesichter vergoldete, die sie beim Reden einander zuwandten. Catherine trug in der linken Hand die Erzählungen von Isaac Babel.

Nach dem Mittagessen gingen wir ins Kino. Philip ließ es sich anmerken, daß in seinen Augen ein Kinobesuch zur reinen Unterhaltung eines gescheiten Menschen unwürdig war, aber er machte unseretwegen ein Zugeständnis. Seinetwillen wähl-

were showing in the little town. It was about a good priest who helped criminals in New York. His goodness, however, was not enough to prevent one of them from being sent to the gas chamber; and Philip and I waited with Catherine in the dark until she had stopped crying and could face the light of a golden evening.

At the entrance of the cinema the doorman was lying in wait for anyone who had red eyes. Grasping Catherine by her suffering arm, he said bitterly: "Yes, why are you crying? He had to be punished for his crime, didn't he?" Catherine stared at him, incredulous. Philip rescued her by saying with disdain: "Some people don't know right from wrong even when it's *demonstrated* to them." The doorman turned his attention to the next red-eyed emerger from the dark; and we went on together to the station, the children silent because of the cruelty of the world.

Finally Catherine said, her eyes wet again: "I think it's all absolutely beastly, and I can't bear to think about it." And Philip said: "But we've got to think about it, don't you see, because if we don't it'll just go on and *on*, don't you see?"

In the train going back to London I sat beside Catherine. She had the stories open in front of her, but she said: "Philip's awfully lucky. I wish I went to that school. Did you notice that girl who said hullo to him in the garden? They must be great friends. I wish my mother would let me have a dress like that, it's *not* fair."

"I thought it was too old for her."

"Oh, *did* you?"

Soon she bent her head again over the book, but almost at once lifted it to say: "Is he a very famous writer?"

"He's a marvellous writer, brilliant, one of the very best."

ten wir den anspruchsvolleren der beiden Filme, die in dem Städtchen gezeigt wurden. Er handelte von einem gütigen Priester, der Verbrechern in New York half. Seine Güte reichte jedoch nicht aus, um einen von ihnen vor der Gaskammer zu retten; und so warteten Philip und ich mit Catherine im Dunkeln, bis sie zu weinen aufgehört hatte und in das Licht eines goldenen Abends hinaustreten konnte.

Am Eingang des Filmtheaters paßte der Portier jeden Besucher ab, der mit verweinten Augen herauskam. Er faßte Catherine unsanft beim Arm und sagte böse: «Aber warum weinen Sie denn? Er mußte doch büßen für sein Verbrechen, oder nicht?» Catherine starrte ihn ungläubig an. Philip kam ihr zu Hilfe, indem er geringschätzig sagte: «Manche Leute unterscheiden Recht von Unrecht nicht einmal, wenn man sie mit der Nase daraufstößt.» Der Portier wandte sich dem nächsten verweinten Gesicht zu, das aus dem Dunkeln auftauchte, und wir gingen zusammen zum Bahnhof, die Kinder stumm nebeneinander her, betroffen von der Grausamkeit der Welt.

Endlich sagte Catherine, wobei sich ihre Augen erneut mit Tränen füllten: «Ich finde, es ist einfach alles abscheulich, und ich halte es nicht aus, darüber nachzudenken.» Und Philip sagte: «Aber wir müssen darüber nachdenken, verstehst du? Wenn wir es nicht tun, dann geht es so weiter und immer weiter, verstehst du?»

Im Zug zurück nach London saß ich neben Catherine. Sie hielt den Erzählband vor sich aufgeschlagen, aber sie sagte: «Philip hat ein tolles Glück. Wenn ich nur auch dort zur Schule ginge! Haben Sie das Mädchen bemerkt, das im Garten ‹Hallo› zu ihm gesagt hat? Sie müssen dicke Freunde sein. Wenn mir meine Mutter nur auch so ein Kleid kaufen würde! Es ist einfach ungerecht!»

«Ich hatte den Eindruck, es macht sie alt.»

«Im Ernst?»

Bald darauf senkte sie den Kopf wieder über das Buch, blickte aber fast im selben Augenblick auf und sagte: «Ist er ein sehr berühmter Schriftsteller?»

«Er ist ein großartiger Schriftsteller, hochbegabt, einer der allerbesten.»

"Why?"

"Well, for one thing he's so simple. Look how few words he uses, and how strong his stories are."

"I see. Do you know him? Does he live in London?"

"Oh no, he's dead."

"Oh. Then why did you – I thought he was alive, the way you talked."

"I'm sorry, I suppose I wasn't thinking of him as dead."

"When did he die?"

"He was murdered. About twenty years ago, I suppose."

"*Twenty years.*" Her hands began the movement of pushing the book over to me, but then relaxed. "I'll be fourteen in November," she stated, sounding threatened, while her eyes challenged me.

I found it hard to express my need to apologize, but before I could speak, she said, patiently attentive again: "You said he was murdered?"

"Yes."

"I expect the person who murdered him felt sorry when he discovered he had murdered a famous writer."

"Yes, I expect so."

"Was he old when he was murdered?"

"No, quite young really."

"Well, that was bad luck, wasn't it?"

"Yes, I suppose it was bad luck."

"Which do you think is the very best story here? I mean, in your honest opinion, the very very best one."

I chose the story about killing the goose. She read it slowly, while I sat waiting, wishing to take it from her, wishing to protect this charming little person from Isaac Babel.

When she had finished, she said: "Well, some of it

«Wieso?»

«Nun, zunächst einmal ist er so einfach. Sieh nur, wie wenig Wörter er benutzt, und wie kraftvoll seine Geschichten sind!»

«Ich verstehe. Kennen Sie ihn eigentlich? Wohnt er in London?»

«Oh nein, er ist tot.»

«Oh! Warum haben Sie dann – ich hätte gedacht, er sei am Leben, so wie Sie von ihm gesprochen haben.»

«Es tut mir leid, aber ich glaube, ich konnte ihn mir selbst nicht als tot vorstellen.»

«Wann ist er denn gestorben?»

«Er wurde ermordet. Vor ungefähr zwanzig Jahren, glaube ich.»

«Zwanzig Jahre!» Ihre Hände bewegten sich, wie wenn sie das Buch zu mir herüberschieben wollten, ließen es aber dann doch bleiben. «Ich werde vierzehn im November», erklärte sie, als fühlte sie sich bedroht, während ihre Augen mich herausfordernd ansahen.

Ich wollte mich entschuldigen, wußte aber nicht, wie. Ehe ich sprechen konnte, sagte sie, wieder geduldig und aufmerksam: «Sie haben gesagt, er sei ermordet worden?»

«Ja.»

«Wer ihn umgebracht hat, wird es wohl bereut haben, als er merkte, daß er einen berühmten Schriftsteller getötet hatte.»

«Ja, das glaube ich auch.»

«War er schon alt, als er getötet wurde?»

«Nein, eigentlich noch recht jung.»

«Dann war es ein unglückliches Schicksal, nicht wahr?»

«Ja, das war es wohl.»

«Was ist nach Ihrer Meinung die allerbeste Geschichte in diesem Buch? Ich meine – Hand aufs Herz – die allerallerbeste?»

Ich wählte die Geschichte von der Gans, die geschlachtet wird. Sie las sie langsam durch, während ich abwartend dasaß und ihr so gern das Buch aus der Hand genommen hätte, um das entzückende Menschenkind vor Isaac Babel zu bewahren.

Als sie fertig war, sagte sie: «Nun, einiges davon verstehe

I don't understand. He's got a funny way of looking at things. Why should a man's legs in boots look like *girls*?" She finally pushed the book over at me, and said: "I think it's all morbid."

"But you have to understand the kind of life he had. First, he was a Jew in Russia. That was bad enough. Then his experience was all revolution and civil war and . . ."

But I could see these words bounding off the clear glass of her fiercely denying gaze; and I said: "Look, Catherine, why don't you try again when you're older? Perhaps you'll like him better then?"

She said gratefully: "Yes, perhaps that would be best. After all, Philip is two years older than me, isn't he?"

A week later I got a letter from Catherine.

Thank you very much for being kind enough to take me to visit Philip at his school. It was the most lovely day in my whole life. I am extremely grateful to you for taking me. I have been thinking about the Hoodlum Priest. That was a film which demonstrated to me beyond any shadow of doubt that Capital Punishment is a Wicked Thing, and I shall never forget what I learned that afternoon, and the lessons of it will be with me all my life. I have been meditating about what you said about Isaac Babel, the famed Russian short story writer, and I now see that the conscious simplicity of his style is what makes him, beyond the shadow of a doubt, the great writer that he is, and now in my school compositions I am endeavoring to emulate him so as to learn a conscious simplicity which is the only basis for a really brilliant writing style. Love, Catherine.

P.S. Has Philip said anything about my party? I wrote but he hasn't answered. Please find out if he

ich nicht. Er hat eine so seltsame Art, die Dinge zu sehen. Wieso sollten gestiefelte Männerbeine wie Mädchen aussehen?» Sie schob schließlich das Buch zu mir herüber und sagte: «Ich finde, das ist alles so unnatürlich.»

«Aber du mußt verstehen, was für ein Leben er führte. Erstens war er Jude in Rußland. Das war schlimm genug. Und was er sonst noch erlebte, war nichts als Revolution und Bürgerkrieg und ...»

Doch ich konnte sehen, daß meine Worte an der gläsernen Wand ihres sich grimmig verweigernden Blickes abprallten, und sagte: «Schau, Catherine, warum probierst du es nicht wieder, wenn du älter bist? Vielleicht gefällt es dir dann besser.»

Sie sagte dankbar: «Ja, das wäre vielleicht am allerbesten. Philip ist ja schließlich auch zwei Jahre älter als ich, nicht wahr?»

Eine Woche später erhielt ich von Catherine einen Brief:

Vielen Dank, daß Sie so freundlich waren mich mitzunehmen, als Sie Philip in seiner Schule besuchten. Es war der schönste Tag in meinem ganzen Leben. Ich bin Ihnen unendlich dankbar, daß Sie mich mitnahmen. Ich habe über den Ganovenpriester nachgedacht. Es war ein Film, der mir ganz eindeutig vor Augen führte, daß die Todesstrafe etwas Böses ist, und ich werde nie vergessen, was ich an diesem Nachmittag lernte, und was ich noch daraus lernen kann, wird mich mein ganzes Leben begleiten.

Ich habe darüber nachgedacht, was Sie über Isaac Babel, den berühmten russischen Kurzgeschichtenerzähler, gesagt haben, und sehe jetzt ein, daß die bewußte Einfachheit seines Stiles ihn ganz eindeutig zu dem großen Schriftsteller macht, der er ist, und ich bemühe mich jetzt in meinen Schulaufsätzen, ihn nachzuahmen, damit ich eine bewußte Einfachheit erlerne, die die einzige Voraussetzung für einen wirklich glänzenden Stil ist. Liebe Grüße, Catherine.

P.S. Hat Philip etwas über meine Party gesagt? Ich habe ihm geschrieben, aber er hat nicht geantwortet. Bitte bringen Sie

is coming or if he just forgot to answer my letter. I hope he comes, because sometimes I feel I shall die if he doesn't.

P.P.S. Please don't tell him I said anything, because I should die if he knew. Love, Catherine.

doch heraus, ob er kommt oder ob er bloß vergessen hat, meinen Brief zu beantworten! Ich hoffe, daß er kommt, weil ich manchmal glaube, ich sterbe, wenn er nicht kommt.

P.P.S. Bitte sagen Sie ihm nicht, daß ich das geschrieben habe, ich würde sterben, wenn er es erführe. Liebe Grüße, Catherine.

The Jordans never spoke of the exam, not until their son, Dickie, was twelve years old. It was on his birthday that Mrs Jordan first mentioned the subject in his presence, and the anxious manner of her speech caused her husband to answer sharply.

"Forget about it," he said. "He'll do all right."

They were at the breakfast table, and the boy looked up from his plate curiously. He was an alert-eyed youngster, with flat blond hair and a quick, nervous manner. He didn't understand what the sudden tension was about, but he did know that today was his birthday, and he wanted harmony above all. Somewhere in the little apartment there were wrapped, beribboned packages waiting to be opened, and in the tiny wall-kitchen, something warm and sweet was being prepared in the automatic stove.

He wanted the day to be happy, and the moistness of his mother's eyes, the scowl on his father's face, spoiled the mood of fluttering expectation with which he had greeted the morning.

"What exam?" he asked.

His mother looked at the tablecloth. "It's just a sort of Government intelligence test they give children at the age of twelve. You'll be getting it next week. It's nothing to worry about."

"You mean a test like in school?"

"Something like that," his father said, getting up from the table. "Go read your comic books, Dickie."

The boy rose and wandered towards that part of the living room which had been "his" corner since infancy. He fingered the topmost comic of the stack, but seemed uninterested in the colorful squares of fast-paced action. He wandered towards the window, and peered gloomily at the veil of mist that shrouded the glass.

Die Jordans sprachen von der Prüfung nie, jedenfalls nicht, bis ihr Sohn Dickie zwölf Jahre alt wurde. Es geschah an seinem Geburtstag, daß Mrs Jordan zum ersten Mal das Thema in seiner Gegenwart erwähnte, wobei ihre ängstliche Ausdrucksweise ihren Mann zu einer schroffen Entgegnung veranlaßte.

«Hör auf damit!» sagte er. «Er wird es schon schaffen.»

Sie saßen gerade beim Frühstück, und der Junge hob neugierig den Blick von seinem Teller. Dickie war ein Bürschlein mit munteren Augen, einem glatten Blondschopf und einem quecksilbrigen Temperament. Er verstand nicht, was die plötzliche Spannung zu bedeuten hatte, aber eins wußte er: heute war sein Geburtstag, und dazu wünschte er sich den häuslichen Frieden mehr als alles andere. Irgendwo in der kleinen Wohnung warteten hübsch eingewickelte und mit Bändern verzierte Päckchen darauf, von ihm geöffnet zu werden, und in der winzigen Kochnische bräunte etwas Warmes und Süßes in der automatischen Backröhre. Er wünschte sich einen glücklichen Verlauf des Tages, aber die feuchten Augen seiner Mutter und die finstere Miene seines Vaters verdarben ihm die Stimmung ungeduldiger Erwartung, mit der er den Morgen begrüßt hatte.

«Was für eine Prüfung?» fragte er.

Seine Mutter blickte auf das Tischtuch. «Nur eine Art Intelligenztest, den der Staat für Kinder veranstaltet, wenn sie zwölf Jahre alt werden. Nächste Woche bist du dran. Es ist nichts Aufregendes.»

«Meinst du so eine Probe wie in der Schule?»

«So etwas Ähnliches», sagte sein Vater und stand vom Tisch auf. «Mach schon und lies deine Comics, Dickie!»

Der Junge erhob sich und trollte in den Teil des Wohnzimmers hinüber, der seit frühester Kindheit «seine» Ecke war. Er fuhr mit den Fingern über ein Comicbuch, das zuoberst auf einem Stapel anderer lag, doch die bunten Bildchen mit ihrer rasanten Handlung schienen ihn nicht sonderlich zu interessieren. Dann trottete er ans Fenster und betrachtete verdrossen den Nebelschleier, der hinter dem Glas hing.

"Why did it have to rain today?" he said. "Why couldn't it rain tomorrow?"

His father, now slumped into an armchair with the Government newspaper, rattled the sheets in vexation. "Because it just did, that's all. Rain makes the grass grow."

"Why, Dad?"

"Because it does, that's all."

Dickie puckered his brow. "What makes it green, though? The grass?"

"Nobody knows," his father snapped, then immediately regretted his abruptness.

Later in the day, it was birthday time again. His mother beamed as she handed over the gaily-colored packages, and even his father managed a grin and a rumple-of-the-hair. He kissed his mother and shook hands gravely with his father. Then the birthday cake was brought forth, and the ceremonies concluded.

An hour later, seated by the window, he watched the sun force its way between the clouds.

"Dad," he said, "how far away is the sun?"

"Five thousand miles," his father said.

Dick sat at the breakfast table and again saw moisture in his mother's eyes. He didn't connect her tears with the exam

until his father suddenly brought the subject to light again.

"Well, Dickie," he said, with a manly frown, "you've got an appointment today."

"I know, Dad. I hope —"

"Now it's nothing to worry about. Thousands of children take this test every day. The Government wants to know how smart you are, Dickie. That's all there is to it."

"I get good marks in school," he said hesitantly.

"This is different. This is a – special kind of

«Warum regnet es ausgerechnet heute?» fragte er. «Warum kann es nicht erst morgen regnen?»

Sein Vater, der sich gerade mit dem Staatsanzeiger in einen Sessel verkrochen hatte, raschelte ärgerlich mit den Seiten. «Weil es eben heute regnet, basta! Der Regen läßt das Gras wachsen.»

«Warum, Papa?»

«Darum eben!»

Dickie runzelte die Stirn. «Aber wodurch wird es grün? Das Gras, meine ich.»

«Das weiß kein Mensch», sagte sein Vater unwirsch, um gleich darauf seine Schroffheit zu bereuen.

Später im Verlauf des Tages kam wieder Geburtstagsstimmung auf. Mutter strahlte, als sie Dickie die farbenfrohen Päckchen überreichte, und sogar Vater brachte ein Lächeln zustande und fuhr ihm mit der Hand über die Haare. Dickie gab seiner Mutter einen Kuß und reichte seinem Vater feierlich die Hand. Dann wurde der Geburtstagskuchen aufgetragen, und die Feier ging zu Ende.

Eine Stunde später beobachtete Dickie, am Fenster sitzend, wie die Sonne zwischen den Wolken hervorbrach.

«Papa», sagte er, «wie weit ist die Sonne entfernt?»

«Fünftausend Meilen», gab sein Vater zur Antwort.

Als einige Tage später Dickie beim Frühstück saß, bemerkte er, daß die Augen seiner Mutter wieder einmal feucht waren. Er sah keinen Zusammenhang zwischen ihren Tränen und der Prüfung, bis sein Vater plötzlich erneut darauf zu sprechen kam.

«Nun, Dickie», sagte er mit einem männlichen Stirnrunzeln, «du hast einen Termin heute.»

«Ich weiß, Papa. Ich hoffe –»

«Schon gut, Dickie! Es gibt keinen Grund zur Sorge. Tausende von Kindern legen jeden Tag diese Prüfung ab. Die Regierung will wissen, wie schlau du bist, Dickie. Nichts weiter.»

«Aber ich habe doch gute Noten», sagte Dickie zögernd.

«Das hier ist etwas anderes. Es ist eine – besondere Art

test. They give you this stuff to drink, you see, and then you go into a room where there's a sort of machine —"

"What stuff to drink?" Dickie said.

"It's nothing. It tastes like peppermint. It's just to make sure you answer the questions truthfully. Not that the Government thinks you won't tell the truth, but this stuff makes *sure*."

Dickie's face showed puzzlement, and a touch of fright. He looked at his mother, and she composed her face into a misty smile.

"Everything will be all right," she said.

"Of course it will," his father agreed. "You're a good boy, Dickie; you'll make out fine. Then we'll come home and celebrate. All right?"

"Yes, sir," Dickie said.

They entered the Government Educational Building fifteen minutes before the appointed hour. They crossed the marble floors of the great pillared lobby, passed beneath an archway and entered an automatic elevator that brought them to the fourth floor.

There was a young man wearing an insignia-less tunic, seated at a polished desk in front of Room 404. He held a clipboard in his hand, and he checked the list down to the Js and permitted the Jordans to enter.

The room was as cold and official as a courtroom, with long benches flanking metal tables. There were several fathers and sons already there, and a thin-lipped woman with cropped black hair was passing out sheets of paper.

Mr Jordan filled out the form, and returned it to the clerk. Then he told Dickie: "It won't be long now. When they call your name, you just go through the doorway at that end of the room." He indicated the portal with his finger.

A concealed loudspeaker crackled and called off the

von Prüfung. Sie geben dir irgend so ein Zeugs zu trinken, weißt du, und dann gehst du in einen Raum, wo so eine Maschine –»

«Was für ein Zeugs zu trinken?» fragte Dickie.

«Nichts Besonderes. Es schmeckt nach Pfefferminze. Es soll nur gewährleisten, daß du die Fragen wahrheitsgemäß beantwortest. Nicht daß die Leute etwa glauben, du würdest nicht die Wahrheit sagen, aber sicher ist eben sicher.»

Dickies Gesicht zeigte Verblüffung und einen Anflug von Furcht. Er sah seine Mutter an, die ihr Gesicht zu einem undeutlichen Lächeln zwang.

«Alles wird gut werden», sagte sie.

«Aber natürlich», pflichtete sein Vater bei. «Du bist ein tüchtiger Junge, Dickie; du wirst es spielend schaffen. Und danach gehen wir nach Hause und feiern. Einverstanden?»

«Ja, Vater», sagte Dickie.

Sie betraten das Gebäude des Erziehungsministeriums eine Viertelstunde vor der festgesetzten Zeit. Ihr Weg führte sie über den marmornen Fußboden der großen Säulenhalle unter einem Torbogen hindurch und in einen automatischen Lift, der sie in den vierten Stock brachte.

Dort oben, vor Zimmer 404, saß an einem polierten Schreibtisch ein junger Mann, der eine Uniform ohne Rangabzeichen trug. Er hielt ein Klemmbrett in der Hand, kontrollierte auf der Liste die mit Jot beginnenden Namen und ließ die Jordans eintreten.

Das Zimmer war kalt und unpersönlich wie ein Gerichtssaal, mit langen Bänken entlang metallenen Tischen. Mehrere Väter waren schon da mit ihren Söhnen, und eine schmallippige Frau mit kurzgeschorenen schwarzen Haaren verteilte gerade Papierbögen.

Mr Jordan füllte den Fragebogen aus und gab ihn an die Beamtin zurück. Dann sagte er zu Dickie: «Es wird nicht mehr lange dauern. Wenn du aufgerufen wirst, gehst du einfach durch den Ausgang am Ende des Raumes.» Er deutete mit dem Finger auf eine Flügeltür.

Ein verborgen angebrachter Lautsprecher knisterte und rief

first name. Dickie saw a boy leave his father's side reluctantly and walk slowly towards the door.

At five minutes of eleven, they called the name of Jordan.

"Good luck, son," his father said, without looking at him. "I'll call for you when the test is over."

Dickie walked to the door and turned the knob. The room inside was dim, and he could barely make out the features of the gray-tunicked attendant who greeted him.

"Sit down," the man said softly. He indicated a high stool beside his desk. Your name's Richard Jordan?"

"Yes, sir."

"Your classification number is 600–115. Drink this, Richard."

He lifted a plastic cup from the desk and handed it to the boy. The liquid inside had the consistency of buttermilk, tasted only vaguely of the promised peppermint. Dickie downed it, and handed the man the empty cup.

He sat in silence, feeling drowsy, while the man wrote busily on a sheet of paper. Then the attendant looked at his watch, and rose to stand only inches from Dickie's face.

He unclipped a pen-like object from the pocket of his tunic, and flashed a tiny light into the boy's eyes.

"All right," he said. "Come with me, Richard."

He led Dickie to the end of the room, where a single wooden armchair faced a multi-dialled computing machine. There was a microphone on the left arm of the chair, and when the boy sat down, he found its pinpoint head conveniently at his mouth.

"Now just relax, Richard. You'll be asked some questions, and you think them over carefully. Then give your answers into the microphone. The machine will take care of the rest."

den ersten Namen auf. Dickie sah, wie ein Junge sich widerstrebend von seinem Vater löste und langsam auf die Tür zuging.

Um fünf Minuten vor elf Uhr wurde der Name Jordan aufgerufen.

«Viel Glück, Junge», sagte sein Vater, ohne ihn anzusehen. «Ich hole dich ab, wenn der Test vorüber ist.»

Dickie ging zur Tür und drehte den Griff. Der Raum dahinter war dämmerig, und er konnte kaum die Züge des grau-uniformierten Beamten erkennen, der ihn begrüßte.

«Setz dich», sagte der Mann leise. Er deutete auf einen hohen Hocker neben seinem Schreibtisch. «Du heißt also Richard Jordan?»

«Jawohl, Sir.»

«Deine Stammnummer ist 600-115. Trink das hier, Richard!»

Er hob einen Plastikbecher vom Schreibtisch und reichte ihn dem Jungen. Die Flüssigkeit darin hatte die Konsistenz von Buttermilch und nur entfernt den verheißenen Pfefferminzgeschmack. Dickie schluckte sie hinunter und gab dem Mann den leeren Becher zurück.

Dann saß er stumm und schläfrig auf seinem Hocker, während der Mann auf einem Bogen Papier eifrig Notizen machte. Schließlich sah der Beamte auf seine Uhr und stand auf, so daß er nur wenige Zentimeter von Dickies Gesicht entfernt war. Er zog aus der Brusttasche seiner Uniformjacke einen Gegenstand, der wie ein Füllhalter aussah und leuchtete mit einem winzigen Lichtstrahl dem Jungen in die Augen.

«In Ordnung», sagte er. «Komm mit, Richard!»

Er führte Dickie in den rückwärtigen Teil des Raumes, wo ein einzelner hölzerner Lehnstuhl einem von Meßskalen übersäten Computer gegenüberstand. Auf der linken Lehne war ein Mikrophon angebracht, dessen winziger Sprechkopf dem Jungen, als er sich setzte, bequem bis vor den Mund reichte.

«Nur ganz locker und entspannt, Richard! Du wirst einige Fragen gestellt bekommen. Überleg sie dir sorgfältig, sprich deine Antworten in das Mikrophon! Alles weitere erledigt die Maschine.»

"Yes, sir."

"I'll leave you alone now. Whenever you want to start, just say 'ready' into the microphone."

"Yes, sir."

The man squeezed his shoulder, and left.

Dickie said, "Ready."

Lights appeared on the machine, and a mechanism whirred. A voice said:

"Complete this sequence. One, four, seven, ten . . ."

Mr and Mrs Jordan were in the living room, not speaking, not even speculating.

It was almost four o'clock when the telephone rang. The woman tried to reach it first, but her husband was quicker.

"Mr Jordan?"

The voice was clipped; a brisk, official voice.

"Yes, speaking."

"This is the Government Educational Service. Your son, Richard M. Jordan, Classification 600–115, has completed the Government examination. We regret to inform you that his intelligence quotient has exceeded the Government regulation, according to Rule 84, Section 5, of the New Code."

Across the room, the woman cried out, knowing nothing except the emotion she read on her husband's face.

"You may specify by telephone," the voice droned on, "whether you wish his body interred by the Government or would you prefer a private burial place? The fee for Government burial is ten dollars."

«Jawohl, Sir.»

«Ich lasse dich jetzt allein. Wenn du anfangen willst, sagst du einfach ‹Los!› in das Mikrophon.»

«Jawohl, Sir.»

Der Mann drückte Dickie die Schulter und ging.

Dickie sagte: «Los!»

Lichter erschienen auf dem Gerät, und ein Räderwerk surrte. Eine Stimme sagte:

«Ergänze folgende Reihe: Eins, vier, sieben, zehn...»

Mr und Mrs Jordan saßen im Wohnzimmer, ohne zu sprechen, ja ohne auch nur einen Gedanken zu wagen.

Es war fast vier Uhr, als das Telefon läutete. Die Frau suchte es zuerst zu erreichen, aber ihr Mann war schneller.

«Mr Jordan?»

Die Stimme war kantig, sie klang energisch und dienstlich.

«Ja, am Apparat.»

«Hier ist die staatliche Erziehungsbehörde. Ihr Sohn, Richard M. Jordan, Stammnummer 600-115, hat den staatlichen Intelligenztest abgeschlossen. Wir bedauern, Ihnen mitteilen zu müssen, daß sein Intelligenzquotient nach § 84, Abs. 5 der Neuen Rechtsordnung den amtlichen Richtwert überschritten hat.»

Durch das Zimmer gellte der Schrei der Frau, die nichts wußte außer der Gemütsbewegung, die sie am Gesicht ihres Mannes ablesen konnte.

«Sie können telefonisch angeben», leierte die Stimme weiter, «ob Sie die Leiche behördlicherseits bestatten lassen wollen oder einer privaten Beisetzung den Vorzug geben. Für die amtliche Bestattung wird eine Gebühr von zehn Dollar erhoben.»

Marriages, like chemical unions, release upon dissolution packets of the energy locked up in their bonding. There is the piano no one wants, the cocker spaniel no one can take care of. Shelves of books suddenly stand revealed as burdensomely dated and unlikely to be reread; indeed, it is difficult to remember who read them in the first place. And what of those old skis in the attic? Or the doll house waiting to be repaired in the basement? The piano goes out of tune, the dog goes mad. The summer that the Turners got their divorce, their swimming pool had neither a master nor a mistress, though the sun beat down day after day, and a state of drought was declared in Connecticut.

It was a young pool, only two years old, of the fragile type fashioned by laying a plastic liner within a carefully carved hole in the ground. The Turners' side yard looked infernal while it was being done; one bulldozer sank into the mud and had to be pulled free by another. But by midsummer the new grass was sprouting, the encircling flagstones were in place, the blue plastic tinted the water a heavenly blue, and it had to be admitted that the Turners had scored again.

They were always a little in advance of their friends. He was a tall, hairy-backed man with long arms, and a nose flattened by football, and a sullen look of too much blood; she was a fine-boned blonde with dry blue eyes and lips usually held parted and crinkled as if about to ask a worrisome, or whimsical, question. They never seemed happier, nor their marriage healthier, than those two summers. They grew brown and supple and smooth with swimming. Ted would begin his day with a swim, before dressing to catch the train, and Linda would hold court all day

John Updike: Das verwaiste Schwimmbad

Ehen sind wie chemische Verbindungen: bei ihrer Auflösung
setzen sie Energien frei, die in ihrer Bindung eingeschlossen
waren. Da ist das Klavier, das niemand will, oder der Cocker-
Spaniel, um den sich keiner kümmern kann. Regale von
Büchern erweisen sich plötzlich als Belastung, zumal sie nicht
zeitgemäß sind und doch nie mehr gelesen werden; man
kann sich ohnehin kaum erinnern, wer sie einmal gelesen hat.
Und wohin mit den alten Skiern in der Dachkammer? Oder
mit dem Puppenhaus, das im Kellergeschoß auf seine Repara-
tur wartet? Das Klavier verstimmt sich, der Hund dreht durch.
So ähnlich ging es in dem Sommer, als die Turners sich scheiden
ließen, mit ihrem Schwimmbad: mit einemmal war es herren-
los, obwohl die Sonne Tag für Tag herunterbrannte und im
Staate Connecticut wegen Dürre der Notstand erklärt wurde.

Es war mit seinen erst zwei Jahren ein junges Schwimmbad,
eines von der leichten Machart, bei der ein sorgfältig ausgeho-
benes Erdloch mit einer Plastikhaut ausgelegt wird. Der Turner'sche Seitenhof sah verheerend aus, während es gebaut
wurde; eine Planierraupe versank im Schlamm und mußte von
einer anderen herausgezogen werden. Doch bis zum Hochsom-
mer war das Gras nachgewachsen, die Randfliesen waren
verlegt, die blaue Plastikhaut färbte das Wasser himmelblau,
und man mußte zugeben, daß die Turners wieder einmal den
Vogel abgeschossen hatten. Sie waren ihren Freunden immer
ein bißchen voraus. Er war ein hochgewachsener Mann mit
langen Armen und behaartem Rücken, einer Nase, die beim
Fußball plattgedrückt worden war, und dem eigensinnigen
Gesichtsausdruck, den vollblütige Menschen oft an sich haben.
Sie war eine zart gebaute Blondine mit kühlen blauen Augen
und mit Lippen, die gewöhnlich leicht geöffnet und gekräuselt
waren, als wollten sie gerade eine unbequeme oder wunderli-
che Frage stellen. Das Paar schien nie glücklicher, ihre Ehe
nie gesünder als in diesen beiden Sommern. Das Schwimmen
bräunte sie und machte sie gelenkig und geschmeidig. Ted begann sein Tagewerk, ehe er sich anzog und zum Bahnhof eilte,
mit einem Bad. Linda scharte den ganzen Tag ein Gefolge

amid crowds of wet matrons and children, and Ted would return from work to find a poolside cocktail party in progress, and the couple would end their day at midnight, when their friends had finally left, by swimming nude, before bed. What ecstasy! In darkness the water felt mild as milk and buoyant as helium, and the swimmers became giants, gliding from side to side in a single languorous stroke.

The next May, the pool was filled as usual, and the usual afterschool gangs of mothers and children gathered, but Linda, unlike her, stayed indoors. She could be heard within the house, moving from room to room, but she no longer emerged, as in the other summers, with a cheerful tray of ice and brace of bottles, and Triscuits and lemonade for the children. Their friends felt less comfortable about appearing, towels in hand, at the Turners' on weekends. Though Linda had lost some weight and looked elegant, and Ted was cumbersomely jovial, they gave off the faint, sleepless, awkward-making aroma of a couple in trouble. Then, the day after school was out, Linda fled with the children to her parents in Ohio. Ted stayed nights in the city, and the pool was deserted. Though the pump that ran the water through the filter continued to mutter in the lilacs, the cerulean pool grew cloudy. The bodies of dead horseflies and wasps dotted the still surface. A speckled plastic ball drifted into a corner beside the diving board and stayed there. The grass between the flagstones grew lank. On the glass-topped poolside table, a spray can of Off! had lost its pressure and a gin-and-tonic glass held a sere mint leaf. The pool looked desolate and haunted, like a stagnant jungle spring; it looked poisonous and ashamed. The postman, stuffing overdue notices and pornography solicitations into the mailbox, averted his eyes from the side yard politely.

Some June weekends, Ted sneaked out from the

tropfender Hausmütter und Kinder um sich. Wenn Ted von der Arbeit nach Hause kam, war am Beckenrand gerade eine Cocktailparty im Gange, und wenn die Freunde endlich abgezogen waren, pflegten die Eheleute mitternachts vor dem Zubettgehen den Tag damit abzurunden, daß sie sich nackt in die Fluten stürzten. Welche Wonne! Im Dunkeln war das Wasser mild wie Milch und leicht wie Helium, und die Schwimmer kamen sich vor wie Riesen, wenn sie mit einem einzigen lässigen Stoß von einer Seite zur anderen glitten.

Im nächsten Mai war das Becken wie gewöhnlich vollgelaufen, und an den Nachmittagen versammelten sich die üblichen Scharen von Müttern und Kindern, aber Linda blieb, entgegen ihrer Natur, im Haus. Man konnte sie drinnen von Zimmer zu Zimmer wandern hören, aber sie erschien nicht mehr, wie in den Sommern zuvor, mit einem lustigen Tablett voller Eis und Drinks, samt Keksen und Limonade für die Kinder. Die Freunde fühlten sich weniger zwanglos, wenn sie am Wochenende mit dem Badetuch über dem Arm bei Turners aufkreuzten. Obwohl Linda, die etwas abgenommen hatte, elegant aussah und Ted sich betont gesellig gab, ging von ihnen der leise, schlaflose, beklemmende Geruch einer zerbröckelnden Ehe aus. Bald darauf, am Tag nach dem Schluß des Schuljahres, floh Linda mit den Kindern zu ihren Eltern in Ohio. Ted blieb nächtelang in der Stadt, und das Schwimmbad vereinsamte. Wenn auch die Pumpe, die das Wasser über einen Filter umwälzte, in den Fliederbüschen weiter vor sich hinsummte, wurde das himmelblaue Becken trüb. Tote Bremsen und Wespen übersäten die stille Wasserfläche. Ein buntscheckiger Plastikball trieb in eine Ecke neben dem Sprungbrett und blieb dort liegen. Das Gras zwischen den Fliesen schoß in die Höhe. Auf der Glasplatte des Gartentisches standen noch eine Dose Insektenspray, die ihren Druck verloren hatte, und ein Cocktailglas, das ein verdorrtes Minzenblatt enthielt. Das Bad wirkte unwirtlich und gespenstisch, wie ein stagnierender Pfuhl im Dschungle, verseucht und entwertet. Wenn der Briefträger Mahnschreiben und Pornoreklamen in den Briefkasten stopfte, blickte er taktvoll zur Seite.

Im Juni benutzte Ted das eine oder andere Wochenende, um

city. Families driving to church glimpsed him dolefully sprinkling chemical substances into the pool. He looked pale and thin. He instructed Roscoe Chace, his neighbor on the left, how to switch on the pump and change the filter, and how much chlorine and Algitrol should be added weekly. He explained he would not be able to make it out every weekend – as if the distance that for years he had traveled twice each day, gliding in and out of New York, had become an impossibly steep climb back into the past. Linda, he confided vaguely, had left her parents in Akron and was visiting her sister in Minneapolis. As the shock of the Turners' joint disappearance wore off, their pool seemed less haunted and forbidding. The Murtaugh children – the Murtaughs, a rowdy, numerous family, were the Turners' right-hand neighbors – began to use it, without supervision. So Linda's old friends, with their children, began to show up, "to keep the Murtaughs from drowning each other." For if anything were to happen to a Murtaugh, the poor Turners (the adjective had become automatic) would be sued for everything, right when they could least afford it. It became, then, a kind of duty, a test of loyalty, to use the pool.

July was the hottest in twenty-seven years. People brought their own lawn furniture over in station wagons and set it up. Teenage offspring and Swiss au-pair girls were established as lifeguards. A nylon rope with flotation corks, meant to divide the wading end from the diving end of the pool, was found coiled in the garage and reinstalled.

Agnes Kleefield contributed on old refrigerator, which was wired to an outlet above Ted's basement workbench and used to store ice, quinine water, and soft drinks. An honor system shoebox containing change appeared beside it; a little lost-and-found – an array of forgotten sunglasses, flippers, towels,

heimlich von der Stadt zurückzukommen. Einige Familien, die gerade zur Kirche fuhren, sahen ihn, wie er traurig Chemikalien in das Wasser streute. Er sah blaß und mager aus. Er leitete Roscoe Chace, seinen linksseitigen Nachbarn an, wie man die Pumpe einschaltete und den Filter wechselte, und sagte ihm, wieviel Chlor und Algitrol wöchentlich zugesetzt werden mußte. Er erklärte, daß er es nicht schaffe, jedes Wochenende herauszukommen – als ob die Strecke nach New York und zurück, die er jahrelang zweimal täglich gefahren war, ein unbegehbar steiler Weg in die Vergangenheit zurück geworden wäre. Linda, deutete er dunkel an, hatte ihre Eltern in Akron verlassen und weilte auf Besuch bei ihrer Schwester in Minneapolis. Als die Bestürzung über das gemeinsame Verschwinden der Turners nachließ, wurde ihr Schwimmbad weniger gespenstisch und abweisend. Die Kinder der Murtaughs, der lauten, vielköpfigen Nachbarsfamilie rechter Hand, begannen es zu benutzen – und noch dazu ohne Aufsicht. So stellten sich auch Lindas alte Freunde mit ihren Kindern wieder ein, um, wie sie sagten, die Murtaughs daran zu hindern, sich gegenseitig zu ersäufen. Denn wenn den Murtaughs etwas passieren sollte, so müßten die armen Turners – wie sie jetzt automatisch hießen – für alles aufkommen, gerade jetzt, da sie es sich am wenigsten leisten konnten. Es wurde also zu einer Art von Pflicht, einem Freundschaftsbeweis, das Schwimmbad zu benutzen.

Der Juli war der heißeste in siebenundzwanzig Jahren. Die Leute brachten im Kombiwagen ihre eigenen Gartenmöbel mit und stellten sie auf. Heranwachsende Jugend und Schweizer au-pair-Mädchen wurden als Wasserwacht eingesetzt. Ein Nylonseil mit Schwimmkorken, wie man es benutzt um den Nichtschwimmerbereich vom tiefen Teil des Beckens abzutrennen, fand sich aufgerollt in der Garage und wurde wieder festmontiert. Agnes Kleefield steuerte einen alten Kühlschrank bei, der an einer Steckdose über Teds Werkbank im Tiefgeschoß angeschlossen und zur Aufbewahrung von Eis, Tonicwasser und alkoholfreien Getränken benutzt wurde. Zur ehrlichen Selbstbedienung siedelte sich daneben eine Schuhschachtel an, die Wechselgeld enthielt; und ein kleines Fundbüro – ein Sammelsurium von vergessenen Sonnenbrillen,

lotions, paperbacks, shirts, even underwear – materialized on the Turners' side steps. When people, that July, said, "Meet you at the pool," they did not mean the public pool past the shopping center, or the country-club pool beside the first tee. They meant the Turners'.

Restrictions on admission were difficult to enforce tactfully. A visiting Methodist bishop, two Taiwanese economists, an entire girls' softball team from Darien, an eminent Canadian poet, the archery champion of Hartford, the six members of a black rock group called the Good Intentions, an ex-mistress of Aly Khan, the lavender-haired mother-in-law of a Nixon adviser not quite of Cabinet rank, an infant of six weeks, a man who was killed the next day on the Merritt Parkway, a Filipino who could stay on the pool bottom for eighty seconds,

two Texans who kept cigars in their mouths and hats on their heads, three telephone linemen, four expatriate Czechs, a student Maoist from Wesleyan, and the postman all swam, as guests, in the Turners' pool, though not all at once. After the daytime crowd ebbed, and the shoebox was put back in the refrigerator, and the last au-pair girl took the last goosefleshed, wrinkled child shivering home to supper, there was a tide of evening activity, trysts (Mrs Kleefield and the Nicholson boy, most notoriously) and what some called, overdramatically, orgies.

True, late splashes and excited guffaws did often keep Mrs Chace awake, and the Murtaugh children spent hours at their attic window with binoculars. And there was the evidence of the lost underwear.

One Saturday early in August, the morning arrivals found an unkown car with New York plates parked in the garage. But cars of all sorts were so

Schwimmflossen, Handtüchern, Hautpflegemitteln, Paperbacks, Hemden und sogar Unterwäsche entstand auf der Seitentreppe des Hauses. Wenn man sich in diesem Juli zurief: «Bis zum nächsten Mal im Schwimmbad!» so meinte man damit nicht die öffentliche Badeanstalt hinter dem Einkaufszentrum oder das Klubbad am Eingang des Golfplatzes. Man meinte das Turner'sche Schwimmbecken. Zulassungsbeschränkungen waren, wenn der nötige Takt gewahrt werden sollte, schwer zu verwirklichen. So schwammen darin als Gäste – wenn auch nicht alle auf einmal – ein zu Besuch weilender Methodistenbischof, zwei Volkswirte aus Taiwan, eine vollzählige Damen-Softballmannschaft aus Darien, ein namhafter Dichter aus Kanada, der Hartforder Meister im Bogenschießen, die sechs Mitglieder einer farbigen Rockgruppe namens «Die guten Vorsätze», eine Ex-Geliebte von Ali Khan, die durch bläulich getöntes Haar auffallende Schwiegermutter eines aufstrebenden Nixon-Beraters, ein sechs Wochen alter Säugling, ein Mann, der tags darauf auf der Merrit Parkway tödlich verunglückte, ein Filipino, der es achtzig Sekunden auf dem Beckengrund aushielt, zwei Texaner, die ihre Zigarren im Mund und ihre Hüte auf dem Kopf behielten, drei Telefonstörungssucher, vier Exiltschechen, ein maoistischer Student von der Wesleyan-Universität und – nicht zu vergesen – der Briefträger. Wenn der Tageszulauf verebbte, die Schuhschachtel in den Kühlschrank wanderte und das letzte au-pair Mädchen das letzte durchgefrorene, gänsehäutige Kind zum Abendbrot nach Hause brachte, dann kam es zu einem Schwall abendlicher Unternehmungen, zu heimlichen Treffs wie den schon stadtbekannten von Mrs Kleefield und dem jungen Nicholson und zu Veranstaltungen, die mancherorts Orgien genannt wurden. Jawohl: Mrs Chace wurde oft noch spät vom Geräusch spritzenden Wassers und von wildem Gelächter wachgehalten, und die Murtaughkinder sahen stundenlang mit Feldstechern aus dem Fenster ihrer Dachkammer. Und schließlich gab es das Corpus delicti der zurückgelassenen Unterwäsche.

An einem Samstag anfangs August entdeckten die Morgengäste in der Garage ein fremdes Auto mit New Yorker Kennzeichen. Allerdings waren Autos jeder Art so alltäglich – das

common – the parking tangle frequently extended into the road – that nothing much was thought of it, even when someone noticed that the bedroom windows upstairs were open. And nothing came of it, except that around suppertime, in the lull before the evening crowds began to arrive in force, Ted and an unknown woman, of the same physical type as Linda but brunette, swiftly exited from the kitchen door, got into the car, and drove back to New York. The few lingering babysitters and beaux thus unwittingly glimpsed the root of the divorce. The two lovers had been trapped inside the house all day; Ted was fearful of the legal consequences of their being seen by anyone who might write and tell Linda. The settlement was at a ticklish stage; nothing less than terror of Linda's lawyers would have led Ted to suppress his indignation at seeing, from behind the window screen, his private pool turned public carnival. For long thereafter, though in the end he did not marry the woman, he remembered that day when they lived together like fugitives in a cave, feeding on love and ice water, tiptoeing barefoot to the depleted cupboards, which they, arriving late last night, had hoped to stock in the morning, not foreseeing the onslaught of interlopers that would pin them in. Her hair, he remembered, had tickled his shoulders as she crouched behind him at the window, and through the angry pounding of his own blood he had felt her slim body breathless with the attempt not to giggle.

August drew in, with cloudy days. Children grew bored with swimming. Roscoe Chace went on vacation to Italy; the pump broke down, and no one repaired it. Dead dragonflies accumulated on the surface of the pool. Small deluded toads hopped in and swam around hopelessly. Linda at last returned. From Minneapolis she had gone on to Idaho for six weeks, to be divorced. She and the children had

Parkchaos erstreckte sich oft bis auf die Straße – daß man sich nicht viel dabei dachte, auch nicht, als jemand bemerkte, daß die Schlafzimmerfenster im ersten Stock offenstanden. Und es kam auch nichts weiter heraus, als daß gegen Abend, in der Ruhepause vor dem Ansturm der späten Besucherscharen, Ted und eine unbekannte Frau, die abgesehen von ihrer dunkelbraunen Haarfarbe äußerlich der gleiche Typ wie Linda war, aus der Küchentür huschten, in das Auto einstiegen und nach New York zurückfuhren. Die paar säumigen Babysitter und ihre Kavaliere bekamen damit unbeabsichtigt den Scheidungsgrund zu sehen. Das Pärchen hatte den ganzen Tag wie in einer Falle gesessen; Ted befürchtete rechtliche Folgen, wenn ihn jemand mit der Frau sehen und Linda davon schreiben würde. Die gesetzliche Regelung befand sich in einem heiklen Stadium; nur die heillose Furcht vor Lindas Anwälten konnte Ted veranlassen, seine Empörung zu unterdrücken, als er vom Fliegengitter des Fensters aus sein Privatschwimmbad in einen Rummelplatz verwandelt sah. Noch lange danach, und obwohl er die Frau dann doch nicht heiratete, erinnerte er sich an diesen Tag, an dem sie wie Flüchtlinge in einer Höhle lebten, sich von Liebe und eisgekühltem Wasser nährten und barfuß auf Zehenspitzen zu den leerstehenden Schränken schlichen, die sie, spät am Vorabend angekommen, am nächsten Vormittag aufzufüllen hofften, ohne den Überfall der Eindringlinge vorauszusehen, der sie gefangen setzen würde. Die Haare der Frau, erinnerte er sich, hatten ihn an den Schultern gekitzelt, während sie hinter ihm am Fenster kauerte, und durch das zornige Pochen seines eigenen Blutes hindurch hatte er ihren schlanken Körper gespürt und kaum zu atmen gewagt, um nicht zu kichern.

Der August hielt mit wolkigen Tagen seinen Einzug. Die Kinder bekamen das Schwimmen satt. Roscoe Chace reiste auf Urlaub nach Italien; die Pumpe ging kaputt und niemand reparierte sie. Tote Libellen häuften sich auf dem Wasser. Kleine verirrte Kröten hüpften hinein und schwammen verzweifelt im Kreise. Schließlich kam Linda zurück. Von Minneapolis war sie auf sechs Wochen nach Idaho weitergereist, um sich dort scheiden zu lassen. Sie und die Kinder hatten vom

burnt faces from riding and hiking; her lips looked drier and more quizzical than ever, still seeking to frame that troubling question. She stood at the window, in the house that already seemed to lack its furniture, at the same side window where the lovers had crouched, and gazed at the deserted pool. The grass around it was green from splashing, save where a long-lying towel had smothered a rectangle and left it brown.

Aluminum furniture she didn't recognize lay strewn and broken. She counted a dozen bottles beneath the glass-topped table. The nylon divider had parted, and its two halves floated independently. The blue plastic beneath the colorless water tried to make a cheerful, otherworldy statement, but Linda saw that the pool in truth had no bottom, it held bottomless loss, it was one huge blue tear. Thank God no one had drowned in it. Except her. She saw that she could never live here again.

In September the place was sold to a family with toddling infants, who for safety's sake have not only drained the pool but have sealed it over with iron pipes and a heavy mesh, and put warning signs around, as around a chained dog.

Reiten und Wandern gebräunte Gesichter. Lindas Lippen waren nüchterner und spöttischer als je und schienen noch immer die unbequeme Frage artikulieren zu wollen. Sie stand am Fenster, in dem Haus, das schon von seinen Möbeln Abschied zu nehmen schien, am gleichen Fenster, vor dem das Pärchen gekauert war, und sah versonnen auf das vereinsamte Schwimmbecken hinaus. Das Gras rundherum war grün vom herausspritzenden Wasser, außer einer Stelle, wo ein länger liegendes Badetuch den Rasen erdrückt und ein braunes Rechteck hinterlassen hatte. Fremde Möbel aus Leichtmetall standen verstreut und schadhaft herum. Sie zählte ein Dutzend Flaschen unter dem Glastisch. Das Trennseil aus Nylon hatte sich in zwei Hälften zerteilt, die einzeln auf dem Wasser trieben. Die blaue Plastikhaut unter dem farblosen Wasser versuchte, etwas von dem verlorenen Paradies zu retten, aber Linda sah, daß das Schwimmbad keinen festen Boden hatte, daß abgründige Verlorenheit aus ihm sprach, und daß es einer großen blauen Träne glich. Gott sei Dank war niemand darin ertrunken – außer ihr selbst. Sie sah, daß sie hier nicht mehr leben konnte.

Im September wurde das Anwesen an eine Familie verkauft, deren Kinder gerade das Laufen lernten. Aus Sicherheitsgründen wurde das Schwimmbecken nicht nur ausgelassen, sondern mit Eisenrohren und festem Maschendraht abgedeckt. Warntafeln umstehen es wie einen bissigen Kettenhund

Kurz – kürzer – am kürzesten

Anton Tschechow, einer der Wegbereiter der modernen Kurzgeschichte, gibt uns ein treffendes Beispiel sprachlicher Ökonomie:

Warum sollte man dem Leser eine langatmige Beschreibung einer mondhellen Szene zumuten, wenn ein schärferer Eindruck durch die Anmerkung entsteht, daß sich das Mondlicht in einer Flasche am Straßenrand spiegelt?

Hier wird aus der Not eine Tugend gemacht. Die Raumnot der Kurzgeschichte macht die Wiedergabe einer Stimmung oder Atmosphäre zu einer schwierigen Aufgabe. Der Autor muß versuchen, mit einem sprachlichen Minimum auszukommen. Tschechow, ein Meister in der Kunst des Weglassens, findet die Lösung: Er ersetzt die Vielzahl faktischer Details durch ein einziges suggestives Detail und kürzt damit ohne Substanzverlust. Denn der Leser sieht nicht nur das reflektierende Glas, sondern dichtet sich alles Fehlende, Ausgesparte selbst hinzu.

Ebenso rigoros spart die Kurzgeschichte an Handlungsaufbau und Charakterdarstellung. Der Leser bekommt nichts Ausgearbeitetes geliefert, sondern muß mit Andeutungen und Signalen in Form oft nur beiläufiger Äußerungen und Gesten auskommen. Doch wiederum wird durch Weglassung nichts verloren, sondern in einem bestimmten Sinn eher etwas hinzugewonnen: an Authentizität, an Lebensnähe. Denn auch in der Wirklichkeit zwischenmenschlicher Beziehungen erschließen sich Wesenszüge und Motive nur durch eine Unzahl oft widersprüchlicher Teilbeobachtungen.

Je kürzer eine Erzählung ist, desto raffinierterer Techniken der Raffung und Aussparung muß sie sich bedienen. Der Leser ist zur Mitarbeit aufgefordert. Er muß ein gewisses Maß sensibler Intelligenz besitzen, um Selbst-Erschlossenes, Selbst-Durchschautes, oft vielleicht nur Selbst-Erahntes ergänzend in den Erzähltext hineinzulesen. Ein reizvolles Spiel, in dem er vom bloßen Zuschauer zum Mitgestalter avanciert, vom Adressaten des Autors zu seinem Partner.

Schon der herkömmlichen Kurzgeschichte fällt es schwer,

die Entwicklung eines Charakters psychologisch überzeugend aufzuzeigen. Es fehlt einfach an Zeilen- und Seiten-Raum, um die Zeit unterzubringen, in der sich das Wesen eines Menschen verändern kann. Die Kürzestgeschichte muß endgültig darauf verzichten. Sie muß sich damit begnügen, ein Profil, eine Gestalt flüchtig zu skizzieren, einen Augenblick, eine Situation in einer Notiz festzuhalten. Ihre Verdichtung geht oft so weit, daß der einzelne Mensch und das individuelle Schicksal sich nicht mehr entfalten können, sondern zum Exemplarischen, Archetypischen abstrahiert werden. Darum werden in manchen Erzählungen Typenbezeichnungen statt Eigennamen verwandt – z. B. «the engineer» in «The Far and the Near»; «the old man» in «Red Letter Day» – oder es wird einem singulären Geschehen der Stempel des Parabolischen und allgemein Gültigen aufgeprägt, wie es in den Erzählungen von Broun, Collier und Warner geschieht. Dadurch wird erreicht, daß zufällige Wirklichkeit in zeitlose Wahrheit mündet. Das Einzelschicksal weist über sich selbst hinaus auf die *conditio humana*, der Leser erlebt sich selbst in der Rolle des Jedermann.

Jede echte Kurzgeschichte stellt eine Frage, zu der sie in ihrem weiteren Verlauf auch die Antwort bereit hält. In der älteren «plot story», die mehr auf äußerer Handlung aufgebaut ist und auf gröbere Effekte abzielt, wird diese Antwort durch einen spektakulären Abschluß erteilt. Dieses «surprise ending», das auch etwas abfällig «trick ending» genannt wird, wirkt wie ein plötzlicher Blitzstrahl, der die letzten Winkel ausleuchtet, aber mit dem Ende der Geschichte meist auch das Ende jeder Beschäftigung mit ihr bedeutet. Der «plot story», die in verfeinerter Form sich noch immer großer Beliebtheit erfreut, steht die locker gebaute, impressionistische «slice-of-life story» gegenüber, die, meist fast ohne Handlung und eigentlichen Höhepunkt, dem alltäglichen Leben des Durchschnittsmenschen abgelauscht ist und mitten im Gang der Geschehnisse aufhört.

Zwischen diesen beiden Polen entwickelte sich, beeinflußt von der Psychologie des Unbewußten, die moderne Kurzgeschichte, die neben mancherlei modischen Form- und Stilexperimenten der Avantgarde heute das Feld beherrscht. Ihre

Bezeichnung als «story of recognition» oder «story of initiation» – letztere behandelt die meist schmerzhafte Konfrontation eines Heranwachsenden mit bisher verborgenen Wirklichkeiten des Lebens – zeigt deutlich, daß sie auf einen Höhepunkt hinarbeitet. Im Gegensatz zur «plot story» will sie jedoch nicht überraschen oder jedenfalls nicht überrumpeln. Die plötzliche Erkenntnis oder Erhellung ergibt sich bei ihr vielmehr nachvollziehbar aus dem psychologischen Spannungsfeld, das der Autor errichtet hat. Oft gibt es einen doppelten Erhellungseffekt, der sowohl die Hauptperson der Erzählung betrifft, die in einem dramatischen Augenblick des Erkennens oder Selbsterkennens einen tiefen Einschnitt in ihr bisheriges Leben oder zumindest eine Bewußtseinsänderung erfährt – als auch den Leser, dem «ein Licht aufgeht». Dabei wird meist alles Grelle und Forcierte gemieden. In ihrer anspruchsvollsten Ausprägung geht die Erhellungsgeschichte so weit, daß der Erkenntnisprozeß gar nicht ganz zu Ende geführt wird, sondern, wie schon die vorausgehende oder umgebende Erzählstruktur, an die deutende und reflektierende Mitwirkung des Lesers appelliert. Die Erhellung in diesem einfühlsamen und subtilen Studium menschlichen Verhaltens gleicht einem Wetterleuchten, das gegen Ende einer rätselvollen Wegstrecke Umrisse erkennen läßt, ohne die letzten Geheimnisse preiszugeben.

Die meisten der in dieser Sammlung enthaltenen Erzählungen lassen sich dem Typ der Erhellungsgeschichte zuordnen. Die Auswahl richtete sich weniger nach dem Inhalt als nach Gehalt und Aussagekraft. Es sind nicht Geschichten, die man aus der Hand legt, um zur Tagesordnung überzugehen. Das mitschaffende, immer wieder innehaltende und hineinhorchende Lesen, die nach der Lektüre fortdauernden geistigen und seelischen Resonanzen geben diesen Miniaturen mehr Länge und Gewicht, als ihre Seitenzahl vermuten ließe.

T. S.

Bio-bibliographische Notizen

John Galsworthy (GB, 1867–1933). Nach dem Jura-Studium Autor sozialkritischer Dramen. Berühmt vor allem durch seine Roman-Trilogie «The Forsyte Saga», eine Chronik vom Aufstieg und Niedergang einer Familie von der Victorianischen Zeit bis nach dem Ersten Weltkrieg. Nobelpreis 1932. – «The Japanese Quince» ist erschienen in seinem Buch «A Motley». Wir bringen die Erzählung in neuer Übersetzung mit Einverständnis des Paul Zsolnay Verlages, Wien / Hamburg, der das Werk des Autors betreut.

William Somerset Maugham (GB, 1874–1965). Studiert Medizin, ohne den Beruf auszuüben. Lebt, von Reisen in alle Kontinente abgesehen, an der französischen Riviera. Seine Erzählungen sind gekennzeichnet von kühler Analyse, weltmännischer Toleranz und trockenem Witz. (Roman: «Of Human Bondage»; mehrere Bände Kurzgeschichten). «The Happy Man» entstammt dem ersten Band seiner «Complete Stories». © by the Executors of the Estate of W. Somerset Maugham. Deutsche Publikation mit Einverständnis des Diogenes Verlages Zürich, wo die Erzählung in anderer Übersetzung erschienen ist.

James Joyce (Irland, 1882–1957). Geboren in Dublin, dem Schauplatz aller seiner Erzählungen. Lebt arm und verkannt in Paris, Triest und Zürich. Sein Werk erschließt mit dem «inneren Monolog» tiefe Bewußtseinsbereiche («Ulysses», «Finnegan's Wake»). Einfluß auf die gesamte moderne Weltliteratur. – «Eveline» entstammt seinem Buch «Dubliners». © 1967 by The Estate of James Joyce. Die vorliegende Übersetzung von Dieter E. Zimmer ist dem Band «Dubliner» entnommen. © 1969 Suhrkamp Verlag, Frankfurt am Main.

Joyce Cary (GB, 1888–1957). Kolonialdienst in Nigeria. Seine Afrika-Romane zeichnen ein Bild der menschlichen Psyche in primitiven Gesellschaften. Spätere Romane befassen sich mit den Schicksalen eigenwilliger Charaktere unter dem Einfluß

des Zeitgeschehens. Seine Kurzgeschichten enthalten oft einfühlsame Studien des Kindesalters. – «Red Letter Day» ist seinem Band «Spring Song and other stories» entnommen. Lizenz von Curtis Brown Ltd., London.

Heywood Broun (USA, 1888–1939). Kriegsberichterstatter im Ersten Weltkrieg. Danach einer der bekanntesten New Yorker Journalisten. – «A Shepherd» haben wir gefunden in der Anthologie «Story Lines», edited by Arnold Thompson, The English University Press, London. Darin befindet sich der Hinweis © 1929, 1956 by H. Hale Broun. Aber der Inhaber der Rechte war nicht ausfindig zu machen. Wir sind dankbar für Hinweise.

Sylvia Townsend Warner (GB, 1893–1978). Expertin in Musikwissenschaft und Parapsychologie. Schreibt Romane und zahlreiche Kurzgeschichten über die Welt des Traumhaften und Phantastischen. – «The Phoenix» entstammt ihrem Band «The Cat's Cradle Book», New York 1940. Der Inhaber der Rechte war nicht ausfindig zu machen. Wir sind dankbar für Hinweise.

Ernest Hemingway (USA, 1899–1961). Im Ersten Weltkrieg Sanitätsfreiwilliger an der italienischen Front. Später Reporter im Spanischen Bürgerkrieg und bei der Invasion in Frankreich. Abenteuerliches Leben. Sein ständig wiederkehrendes Thema ist die stoische Bewährung des Einzelnen in einer sinnlosen Welt, besonders in den Grundsituationen Gewalt, Liebe, Tod. («For Whom the Bell Tolls»; «The Old Man and the Sea»). Nobelpreis 1954. – «Old Man at the Bridge» entstammt dem Band «49 Stories» © 1938 Ernest Hemingway, Renewal © 1966 Mary Hemingway. Die Übersetzung von Annemarie Horschitz-Horst entstammt der deutschen Ausgabe der «49 Stories» © 1950, 1977 by Rowohlt Verlag GmbH, Reinbek bei Hamburg.

Thomas Wolfe (USA, 1900–1938). mehrere Europareisen, u. a. in das Berlin der olympischen Spiele von 1936. Berühmt

durch «Look Homeward, Engel», einen autobiographischen Roman über einen jungen Menschen auf der Suche nach dem Sinn des Lebens. – «The Far and the Near» © 1935 Charles Scribner's Sons, Renewal © 1963 Paul Gitlin, Administrator, C.T.A., Estate of Thomas Wolfe. Deutsche Publikation mit Einverständnis des Rowohlt Verlages, Reinbek, bei dem die Erzählung in anderer Übersetzung erschienen ist in dem Thomas-Wolfe-Band «Gesammelte Erzählungen» (1967).

Sally Benson (USA, * 1900). Autorin zahlreicher Kurzgeschichten, von denen einige dramatisiert wurden. Meist erschienen sie zuerst in der gesellschaftskritischen und satirischen Wochenzeitschrift «The New Yorker». – «The Overcoat» ist zum erstenmal – vor 1935 – in der Zeitschrift «The American Mercury» erschienen. Publikation mit Genehmigung der Agentur Mohrbooks, Zürich.

John Collier (USA, * 1901). Verfasser von Gedichten und Romanen, vor allem aber von skurrilen und geistreich-ironischen Kurzgeschichten. – «The Chaser»: Abdruckslizenz von der Intercontinental Literary Agency, London. Deutsche Publikation mit Einverständnis des Rowohlt-Verlages, Reinbek, bei dem die Erzählung in anderer Übersetzung erschienen ist in dem Band «Gesammelte Erzählungen» (1977).

Katharine Brush (USA, 1902–1952). Zeitungskolumnistin, Kunstkritikerin, Kurzgeschichten-Autorin. – «The Actress» entstammt ihrem Kurzgeschichten-Band «Other Women» © 1931. Lizenz von World Wide Media Services, New York.

Graham Greene (GB, * 1904). Anfänglich Journalist an der «Times». Weit gereist. Zum Katholizismus übergetreten. Schreibt Romane voll spannender Handlung und dichter Atmosphäre. Grundthematik ist häufig die Frage nach Schuld und Erlösung («The Power and the Glory»; «The Heart of the Matter»; «A Burnt-Out Case»). – «I Spy», © Graham Greene 1950 und 1954, wird publiziert mit Genehmigung des Paul Zsolnay Verlages Wien / Hamburg, wo sie – in anderer

Übersetzung – erschienen ist in dem Band Graham Greene, Erzählungen, Wien / Hamburg 1977.

John O'Hara (USA, 1905–1970). Selfmademan aus kleinen Verhältnissen. Nimmt in Romanen und Kurzgeschichten die Scheinheiligkeit des amerikanischen Mittelstandes aufs Korn. – «Do You Like It Here» haben wir in einer Schul-Anthologie gefunden die als Quelle ein Buch «The O-Hara Generation» angibt. Aber der Inhaber der Rechte war nicht ausfindig zu machen. Wir sind dankbar für Hinweise.

Herbert E. Bates (GB, 1905–1974). Verfasser mehrerer Romane aus seinem Kriegserlebnis bei der Royal Air Force, ferner von stimmungsvollen Kurzgeschichten, die vielfach das Leben einfacher Menschen auf dem Land widerspiegeln. – «The Flame» ist seinem Buch «Seven by Five» entnommen. Lizenz von der Agentur Mohrbooks, Zürich.

Angelica Gibbs (USA, ca. 1906–1955). Kurzgeschichten-Autorin und langjährige Mitarbeiterin am «New Yorker». – «The Test» ist 1940 in dieser Zeitschrift erschienen. Der Inhaber der Rechte war nicht ausfindig zu machen. Für Hinweise sind wir dankbar.

Gerald Kersh (GB, 1909–1968). Autor von Romanen mit reißerischen Themen und spannender Handlung, auch Science Fiction. – «Destiny and the Bullet»: Der Inhaber der Rechte war nicht ausfindig zu machen. Für Hinweise sind wir dankbar.

Elizabeth Taylor (GB, 1912–1975). Bekannt durch handlungsarme Romane, die sich durch präzise Sprache und vornehmverhaltenen Stil auszeichnen. – «First Death of Her Life» entstammt ihrem Buch «Hester Lilly...». Lizenz von der Agentur Mohrbooks, Zürich.

William Sansom (GB, 1912–1976). Amüsierter Beobachter alltäglicher Ereignisse, intelligenter Milieu- und Charakterschilderer. Bevorzugt Kurzprosa. – «Difficulty with a Bou-

quet» entstammt seinem Buch «Fireman Flower», London 1944. Der Inhaber der Rechte war nicht ausfindig zu machen. Für Hinweise sind wir dankbar.

Philip José Farmer (USA, * 1918). Autor von Science Fiction, die nicht so sehr technische Spekulationen als psychologische und soziale Probleme zum Gegenstand hat. – «The King of the Beasts» entstammt der Kurzgeschichten-Anthologie «Story Lines», edited by Arnold Thompson, The English University Press, London. Der Inhaber der Rechte war nicht ausfindig zu machen. Für Hinweise sind wir dankbar.

Doris Lessing (GB, * 1919). Aufgewachsen in Rhodesien, heute in London lebend. Nach Erzählungen über die Rassenprobleme in Afrika (Kurzgeschichtenband «The Grass Is Singing»), Beschäftigung mit der Rolle der Frau in einer vom Mann bestimmten Gesellschaft (Roman «The Golden Notebook»). – «Homage for Isaac Babel» ist ihrem Buch «A Man and Two Women» entnommen. Lizenz von Curtis Brown Ltd., London.

Henry Slesar (USA, * 1927). Journalist und Autor von Kurzgeschichten voll phantastischer Zukunftsvisionen. Meister des Schwarzen Humors. – «Examination Day» ist zuerst erschienen im Playboy Magazine, 1958. Lizenz von der Agentur Liepman, Zürich. Deutsche Publikation mit Einverständnis des Diogenes Verlages, Zürich, bei dem die Geschichte in der Übersetzung von Thomas Schlück erschienen ist in dem Slesar-Band «Fiese Geschichten für fixe Leser» (1982).

John Updike (USA, * 1932). Nach dem Harvard-Studium Mitarbeit am «New Yorker». Bald freier Schriftsteller. Verfasser intellektuell anspruchsvoller Romane und Erzählungen. Ein besonderes Interesse gilt der bürgerlichen Ehe und ihrer Krise. («Rabbit, Run»; «Couples»). – «The Orphaned Swimming Pool» entstammt seinem Buch «Museum and Women and other stories». Lizenz von Alfred A. Knopf, New York.

Weitere Kurzgeschichtenbände in englisch-deutschem Paralleldruck:

Großes Kurzgeschichten-Buch (1): Capote, Faulkner, Goyen, Hemingway, Huxley, Joyce, McCullers, Mansfield, Maugham, O'Faolain, Page, Saroyan, Spettigue, Steinbeck, Thomas, Woolf. *dtv-Band 9163*

Großes Kurzgeschichten-Buch (2): Bierce, Carleton, Crane, Dickens, Dunsany, Hawthorne, Henry, Kipling, London, Melville, Poe, Saki, Stevenson, Mark Twain, Wilde. *9170*

Amerikanische Kurzgeschichten (1): Anderson, Wilder, Saroyan, Steinbeck, Caldwell, Faulkner, Thurber. *9003*

Amerikanische Kurzgeschichten (2): Wilbur, Cain, McCullers, Enright, Capote. *9011*

Klassische amerikanische Kurzgeschichten: Harte, London, Hawthorne, Poe, Melville, Twain. *9006*

Moderne englische Kurzgeschichten: Saki, Virginia Woolf, Maugham, Aldous Huxley, Waugh, Pritchett. *9022*

Englische Kurzgeschichten (2): Baron, Barstow, Du Maurier, Lessing, Monsarrat, Wain, Wilson. *9206*

Irische Kurzgeschichten: Dunsany, MacManus, McMahon, O'Connor, O'Faolain, O'Flaherty, Sheehy. *9120*

Amerikanische Liebesgeschichten: Callaghan, Campbell, Fitzgerald, Hemingway, McCullers, Oates, Irwin Shaw, Wouk. *9190*

Englische Gruselgeschichten: Bierce, Courier, Crowe, Dickens, Palmer/Lloyd, Saki, Stoker. *9177*

Englische Kriminalgeschichten: Wallace, Christie, Sayers. *9029*

Science-Fiction-Erzählungen: Asimov, Bradbury, Brown, Clarke, Jordan, Kersh, Leiber, Riley, Sheckley, Walton. *9093*

Außer diesen Sammelbänden mit je einer Geschichte verschiedener Autoren gibt es eine Reihe von Kurzgeschichten-Bänden in zweisprachiger Edition, die mehrere Geschichten eines einzigen Autors enthalten: